La fille
au pinceau d'or

Marie Bertherat est née en 1963. Elle vit à Paris avec son mari et ses deux enfants. Diplômée de Sciences-Po, journaliste (elle a notamment collaboré à *Okapi* et *Télérama Junior*), elle écrit des livres pour la jeunesse, publiés par les Éditions Bayard, Fleurus, Albin Michel, Milan.
La peinture est un de ses centres d'intérêt. Elle a dirigé une collection de CR-rom sur ce thème parue aux Éditions Atlas et initié une collection sur l'art aux Éditions Bayard Jeunesse.

L'auteur et l'éditeur remercient
Sidonie Van den Dries
sans la collaboration de qui
ce livre n'aurait peut-être pas vu le jour.

Marie Bertherat

La fille au pinceau d'or

Estampille

BAYARD JEUNESSE

À ma mère, qui la première a aimé cette histoire

Illustration de couverture : Raphaël Gauthey

3, rue Bayard, 75008 Paris
ISBN : 2 7470 0376 0
Dépôt légal : avril 2005

Été 1649-Printemps 1650

1

Maria plongea les mains dans la bassine d'eau froide. Lentement, la fraîcheur se diffusa dans tout son corps. Elle soupira d'aise. Il faisait déjà si chaud à San Fernando, même derrière les murs épais de la Casa Botin ! Depuis sept jours, un vent brûlant venu du sud balayait le village. Ses rafales asséchaient l'air, soulevant dans les ruelles des nuages de poussière qui gerçaient les lèvres et irritaient la gorge. L'été, pourtant, commençait à peine.

La jeune fille prit le rideau qui trempait dans la cuvette et l'essora. Puis elle grimpa sur l'escabeau et passa le tissu par-dessus la tringle de bois. Dans la vaste salle à manger de l'auberge, l'air lui sembla aussitôt moins lourd.

Une bourrasque souleva le rideau mouillé, qui claqua et vint se coller contre son visage. Puis la tenture repartit en sens opposé et s'agita dehors, gonflée comme la voile d'un bateau. C'est alors que Maria aperçut le chat dans la ruelle. Assis sur son arrière-train, il suivait avec intérêt les mouvements de la toile. C'était la première fois que la jeune fille le voyait.

D'un bond, l'animal sauta sur le rebord de la fenêtre. Maria tendit la main pour le caresser, mais il se raidit et s'esquiva.

Elle prit une voix douce :

– Là... là... tout va bien... Attends-moi, je vais te chercher à boire.

Maria alla dans la cuisine pour emplir une gamelle, qu'elle déposa sur la fenêtre. Le chat lapa l'eau avec avidité et se lécha les babines.

– Tu vas mieux ? Je peux te caresser maintenant ?

Le félin se laissa faire ; il avait le poil rêche, et ses os saillaient sous sa peau.

– Comme tu es maigre ! Je parie que personne ne s'occupe de toi...

Un ronronnement accueillit ces paroles. L'animal se coucha sur le dos, offrant son ventre aux caresses de Maria, qui s'aperçut que le chat était une chatte.

– Tu pourrais rester ici... On serait bien, toutes les

deux : tu dormirais avec moi, là-haut, sous les toits. On se tiendrait compagnie...

La chatte regarda Maria avec intensité. Elle avait les yeux jaunes comme des fleurs de mimosa.

– Tu sais, ma patronne n'est pas commode... Je ne suis pas sûre qu'elle accepte.

Plus tard dans l'après-midi, lorsque Ignacia Botin sortit de sa chambre après la sieste, les yeux encore bouffis de sommeil, Maria tenta sa chance :

– Le rat est revenu, doña Ignacia. Il a attaqué la réserve de riz !

Ce n'était pas faux : le matin même, la jeune fille avait constaté que le sac de graines, pourtant rangé à l'abri dans le placard, était transpercé.

La bouche de l'aubergiste se tordit méchamment, et elle tempêta :

– La faute à qui ? T'avais qu'à surveiller les provisions !

Sans se décourager, Maria lui montra la chatte, qui faisait tranquillement sa toilette dans la ruelle :

– Elle pourrait monter la garde...

Ignacia Botin poussa un grognement qui sentait l'ail :

– Fais-la toujours entrer, on verra bien. Mais je ne veux pas la voir ailleurs que dans la cuisine, compris ?

Malgré ces restrictions, Maria se réjouit. La chatte l'aiderait à tromper sa solitude. À San Fernando, personne ne l'aimait. À la messe, on s'asseyait toujours le plus loin possible d'elle. Était-ce parce qu'elle n'avait pas connu son père ? Parce qu'elle était une *bâtarde*, comme disaient les gens du village ? Certains chuchotaient aussi que la servante de la Casa Botin avait le mauvais œil, à cause, précisément, de la petite tache dorée qu'elle avait dans le brun de l'iris... Doña Ignacia, l'aubergiste, n'était guère plus avenante que les autres. Maria était à son service depuis l'âge de six ans, mais jamais sa patronne n'avait trouvé un mot gentil à lui dire. Pourtant, la petite bonne travaillait dur, douze heures par jour et parfois plus, sans jamais se plaindre. Oui, Maria était heureuse à l'idée d'avoir enfin trouvé une amie, fût-ce une petite chatte.

2

Cela faisait maintenant trois semaines que la chatte avait élu domicile à la Casa Botin. L'aubergiste était satisfaite, car sa nouvelle pensionnaire passait ses nuits à chasser. Tous les matins, elle alignait ses trophées sur le carrelage de la cuisine : rats, mulots, loirs. Les choses auraient pu continuer longtemps ainsi, si elle n'avait attendu des chatons...

Au matin d'une chaude journée du mois d'août, sentant ses petits prêts à venir au monde, elle resta au fond du placard de la cuisine où elle avait dormi. Alors qu'Ignacia Botin finissait de préparer le déjeuner, un gros rat brun fila entre ses jambes. L'aubergiste poussa un cri strident. Se hâtant vers le placard où somnolait le félin, elle le houspilla :

– Au travail, sale bestiole ! Si tu crois que je vais te garder à ne rien faire !

Voyant que la chatte ne réagissait pas, elle s'empara d'un balai et tenta de la déloger sans ménagement. L'animal se recroquevilla en miaulant de peur. Maria, qui assistait impuissante à la scène, sentit son cœur se serrer. Elle aurait tant voulu protéger la pauvre bête... La jeune fille n'avait même pas osé annoncer à Ignacia Botin que la chatte attendait des petits, de peur que la patronne ne la jette à la rue. Si bien que l'aubergiste, qui n'était pas très observatrice, l'ignorait encore.

La chatte mit bas le jour même, pendant la sieste de doña Ignacia. Alertée par son agitation, Maria s'accroupit à côté d'elle et vit bientôt apparaître un minuscule chaton. Elle s'étonna, car d'ordinaire une portée compte plusieurs petits. Mais elle songea que c'était mieux ainsi : l'aubergiste accepterait peut-être plus volontiers de garder un unique chaton.

Le nouveau-né était tigré de brun et jaune, comme son père sans doute. Sa mère avait un pelage tout noir, à l'exception d'une petite tache blanche qu'elle arborait au creux de la gorge, tel un précieux médaillon.

Soudain, le pas lourd d'Ignacia Botin résonna dans l'escalier et, presque aussitôt, la porte de la cuisine s'ouvrit à la volée sur sa silhouette massive.

– Qu'est-ce que tu as à traîner ici ? Va donc brosser le carrelage de la grande salle ! ordonna-t-elle à Maria.

La jeune fille était sur le point d'obéir lorsque la chatte se mit à ronronner de façon si sonore que doña Ignacia s'en irrita.

– Toi, ma vieille, tu as assez ronflé ! cria-t-elle en s'approchant du placard.

C'est alors qu'elle aperçut le chaton, qui tétait avec avidité, le museau enfoui dans la fourrure de sa mère.

L'aubergiste se pétrifia. Elle allait donner libre cours à sa fureur quand Maria s'interposa :

– Elle n'en a qu'un ! Je vous en prie ! s'écria-t-elle avec angoisse.

Mais Ignacia Botin la repoussa. Sourde aux supplications de sa servante, elle attrapa le chaton par la queue et, comme s'il s'agissait d'une carotte épluchée, le balança dans la bassine d'eau posée près de l'évier. Puis ses grosses mains rouges le maintinrent sous l'eau jusqu'à ce que mort s'ensuive. Maria sentit sa propre gorge, puis sa bouche s'emplir d'un liquide froid et amer. Elle avait l'impression d'étouffer, elle aussi. Lorsqu'elle reprit son souffle, tout était terminé. Le chaton gisait dans la bassine. Voyant que Maria avançait la main pour le prendre, doña Ignacia ricana méchamment :

– Qu'est-ce que tu comptes en faire ? L'enterrer ?

Sans répondre, Maria roula le petit corps dans le tissu de son tablier et se précipita dehors.

– Reviens ici tout de suite ! lui cria l'aubergiste, furibonde. Je t'ai demandé de brosser le carrelage !

Pour la première fois depuis qu'elle était au service d'Ignacia Botin, Maria lui désobéit. Elle courait droit devant elle. Sur son passage, les villageois se retournaient, l'air mauvais, et marmonnaient : « Elle est bien pressée, la bonne de la Casa Botin ! Où c'est donc qu'elle file ? »

Pour aller plus vite, Maria retira ses sabots et les glissa dans la grande poche cousue sur le devant de son tablier.

À la sortie de San Fernando, elle s'engagea dans le sentier qui bordait la forêt, et aperçut la vieille maison envahie par le lierre. Elle était presque arrivée.

3

Maria poussa la porte branlante de la masure et se laissa tomber sur le sol. Ici, elle se sentait en sécurité : personne ne venait jamais dans cette bicoque abandonnée. Elle déroula délicatement son tablier et posa le cadavre du chaton sur la terre battue. De l'eau teintée de sang sortit de sa gueule ouverte, que le sol absorba aussitôt.

La jeune fille savait ce qu'elle devait faire, tout de suite, avant que le corps de l'animal ne se raidisse et qu'elle ne puisse plus le bouger. Elle dégagea doucement sa tête, déplia ses pattes et écarta sa queue : elle voulait bien le voir.

Elle choisit un morceau de bois brûlé dans les cendres d'un brasero abandonné, puis sortit un petit couteau de son tablier. Avec précaution, elle tailla le charbon de bois jusqu'à ce qu'il soit bien pointu. Après quoi, elle inspecta les murs de la masure à la recherche d'un endroit lisse et vierge. Les pluies d'hiver, qui s'infiltraient à travers les trous du toit, avaient abîmé le lait de chaux dont on avait autrefois badigeonné l'intérieur de la maison. Partout, l'enduit était boursouflé par l'humidité. Enfin, Maria trouva une surface intacte, à peine plus large que sa main ouverte. Qu'à cela ne tienne : le chaton était minuscule.

La jeune fille sentit alors des fourmillements d'impatience lui picoter le bout des doigts. Traçant une ligne courbe, elle commenta son travail à voix haute :

– Là, c'est le dos.

Un deuxième trait incurvé surgit sous le premier.

– Et, là, le ventre.

Elle se détourna pour examiner le chaton : son museau pointu, ses petites oreilles encore collées à la tête, la fente de ses yeux clos. Après les avoir bien observés, elle les dessina. Ensuite, elle passa aux pattes et à la queue, et, pour terminer, figura le pelage par de fines hachures.

Satisfaite, Maria posa son charbon de bois et s'adressa au petit cadavre :

– Voilà ! Maintenant, tu vas pouvoir monter au ciel, comme les autres.

Puis elle contempla en silence les autres animaux représentés sur les murs de la maison : le lézard, la libellule, la mouche, la vipère. Les parois étaient couvertes de leurs silhouettes, leurs têtes, leurs pattes. Elle avait passé des heures à les dessiner tous.

Maria rangea son couteau dans son tablier. Elle voulut y fourrer aussi son nouveau crayon, mais se ravisa : le charbon risquait de salir le tissu. D'une autre poche, cousue sur son jupon, elle sortit un petit carton aux coins cornés. C'était une image pieuse qui représentait le Christ montant au ciel. La jeune fille le considéra avec tendresse. Elle aimait tout particulièrement l'auréole dorée qui nimbait la tête de Jésus, et les ailes des trois petits anges qui l'escortaient. Caressant du doigt la surface lisse, elle pensa soudain à sa mère, qui lui avait donné cette image quelques jours avant que la peste ne l'emporte. À San Fernando, on avait trouvé bizarre que la fillette ne soit pas tombée malade, elle aussi. Certains avaient même raconté qu'Isabel Brugada – c'était le nom de la maman de Maria – avait passé un pacte avec le diable pour que la mort épargne son enfant. La petite tache dorée que Maria avait dans l'œil, et qui faisait scintiller le brun de son iris, n'était-elle pas la preuve de l'alliance conclue avec le Malin ?

Maria sursauta : les cloches de l'église sonnaient le rappel du dîner. Doña Ignacia devait être folle de rage, à présent. Elle allait encore hurler après elle ! Prise d'inquiétude, la jeune fille hésitait à rentrer à la Casa Botin...

Soudain, elle vit la chatte se faufiler dans la masure par une brèche au pied du mur. Cette dernière connaissait l'endroit pour y avoir à plusieurs reprises accompagné Maria. Elle remuait vivement la queue et semblait en proie à une grande agitation. Elle commença à fureter, et trouva bientôt le cadavre de son petit sur la terre battue. Sans tarder, elle se mit à lécher le flanc du chaton. Ses coups de langue devenaient de plus en plus rapides à mesure qu'elle s'énervait ; on aurait dit qu'elle le mordait. Puis, brusquement, elle parut comprendre qu'il était mort et s'en détourna. Elle s'approcha alors de Maria, qui se pencha pour la caresser. La jeune fille avait de la peine pour l'animal.

– Ma pauvre petite Mimosa [1] ! soupira-t-elle.

Soudain, une voix courroucée la fit sursauter :

– Qu'est-ce que tu fiches ici ?

Maria se figea. Doña Ignacia, rouge et essoufflée, se tenait sur le seuil.

Comment l'avait-elle retrouvée ? Avait-elle suivi la chatte ?

– Vas-tu me répondre ? Qu'est-ce que tu fais ici ?

1. En espagnol, *mimosa* signifie « câline ».

insista l'aubergiste. Je te cherche partout depuis plus d'une heure ! Tu m'as désobéi !

– Pardon, maîtresse..., murmura la petite bonne.

Ignacia Botin laissa errer son regard dans la pièce et aperçut les dessins. Un mélange de stupéfaction et d'horreur se peignit sur son visage :

– Qu'est-ce que c'est ? C'est toi qui as gribouillé ça ?

Maria hocha la tête. La gifle qui claqua sur sa joue manqua de la faire tomber.

– Ils ont donc raison, ceux qui racontent que t'es pas comme les autres... Allez, nettoie-moi ces saletés ! Tu vas nous attirer le mauvais œil !

Doña Ignacia se signa trois fois de suite en tournant sur elle-même, ainsi qu'il convenait de le faire, disait-on, pour se débarrasser du diable. Maria sentit sa gorge se serrer ; son menton se mit à trembler. Elle bredouilla :

– D-doña Ignacia... Je ne peux pas !

Mais l'aubergiste s'éloignait déjà, tout à sa hâte de quitter cet endroit maudit.

Maria les regarda les uns après les autres : le lézard, la libellule, la mouche, la vipère, le chaton. Qu'avaient-ils de si terrible ? Elle les aimait. Jamais elle ne pourrait les effacer ! Sa décision était prise : soulevant la chatte dans ses bras, elle s'élança sur le sentier qui menait à la forêt.

4

Les cailloux du chemin blessaient les pieds nus de Maria. Elle songea à remettre ses sabots ; mais ils étaient trop petits depuis longtemps, et elle aurait eu plus mal encore. Les muscles de ses jambes aussi étaient douloureux. Et puis, la jeunc fille avait soif ; sa langue était comme une pierre brûlante dans sa bouche. Pourtant, rien n'aurait pu l'arrêter. Elle devait mettre le plus de distance possible entre Ignacia Botin et elle.

Pour se donner du courage, Maria regarda la chatte qui avançait lestement à son côté. Lorsqu'elle l'avait posé à terre, peu après avoir quitté la masure, l'animal l'avait suivie. Elle en avait été très touchée.

Depuis combien de temps cheminaient-elles ainsi ? Deux heures, peut-être trois. Il faisait presque nuit à présent, et la fraîcheur s'intensifiait. Le sentier avait quitté la forêt et, dans la pénombre, Maria devinait de gros rochers qui saillaient du sol aride. Jamais elle ne s'était aventurée aussi loin du village.

Soudain, un bruit étrange lui parvint, porté par le vent. La jeune fille regarda derrière elle. Une lumière dansait dans le lointain, qui semblait se rapprocher peu à peu...

Maria reconnut bientôt le martèlement des sabots sur la terre et le grincement des essieux mal graissés. Une charrette ! Son ventre se noua : doña Ignacia s'était-elle lancée à sa poursuite ? Elle imagina un instant l'aubergiste, fouettant sa vieille mule d'un air mauvais, puis se rassura : pour rien au monde, Ignacia Botin n'oserait aller seule, de nuit, sur la route. Prenant la chatte dans ses bras, elle se tapit derrière un rocher. La charrette les dépassa au petit trot. À la lueur de la lanterne, Maria aperçut le conducteur assis sur la banquette de bois. C'était un inconnu, et il était seul. Cet homme n'était pas du village. Elle réfléchit rapidement et décida de tenter sa chance :

– Señor ! Señor !

L'homme l'entendit. Il se retourna et tira sur les rênes.

Lorsque la mule se fut arrêtée, il repoussa d'un doigt le bord de son chapeau crasseux pour s'assurer qu'il n'avait pas rêvé.

– Sapristi ! Que fais-tu là, toute seule, en pleine nuit ? s'étonna-t-il.

En guise de réponse, Maria tendit le bras vers le lointain :

– Je vais là-bas.

Le voyageur fronça ses épais sourcils :

– À Madrid ?

– À Madrid ! répéta Maria à voix basse.

C'était donc là que menait cette route ? Madrid, la ville du roi et de la reine ! Certains voyageurs de passage à la Casa Botin lui en avaient parlé. Elle s'écria :

– Oui, c'est là que je vais ! Emmenez-moi, s'il vous plaît.

L'homme grommela :

– Toi, on peut dire que t'as de la chance d'être tombée sur moi... Allez, monte !

Maria posa la chatte sur la banquette et grimpa à côté du conducteur. L'homme considéra l'animal avec surprise, mais ne protesta pas. Il ramassa un vieux plaid déchiré qui traînait par terre et le donna à Maria. La jeune fille s'enroula dedans et ne tarda pas à s'endormir, sa protégée lovée sur ses genoux.

Quand elle se réveilla, quelques heures plus tard, Maria s'aperçut avec embarras que, pendant son sommeil, sa tête avait roulé contre l'épaule de l'homme. Elle se redressa précipitamment et fixa la route, qui s'étirait entre des champs de blé. L'aube commençait à poindre.

Le charretier lui demanda son prénom et lui apprit le sien : il s'appelait Francisco. Sa voix était rauque, et il parlait lentement, comme quelqu'un qui n'a pas souvent l'occasion de faire la conversation. Une épaisse barbe rousse lui mangeait le visage, ne laissant voir qu'un nez épais brûlé par le soleil et les deux fentes de ses yeux. Il lui parut doux et gentil.

– Tu vois les montagnes, tout là-bas ? fit-il, le bras fléchi et le pouce tendu en arrière.

La jeune fille tourna la tête et acquiesça. Oui, elle les voyait, avec leurs sommets tout blancs.

– C'est chez moi ! La sierra de Guadarrama ! annonça-t-il avec fierté.

Du pouce encore, Francisco pointa le chargement de la carriole, caché sous une bâche :

– J'apporte ma neige aux Madrilènes !

– De la neige ! s'exclama Maria. Pour quoi faire ?

– Pour la vendre, pardi ! Avec la fournaise de cet été, ils en sont tombés fous ! Ils la mettent dans leur limonade pour qu'elle soit bien fraîche ! Tu veux la goûter ?

Maria accepta. Elle avait tellement soif, tellement faim aussi, bien qu'elle n'osât l'avouer. Francisco lui confia les rênes de sa mule pendant qu'il ouvrait l'un des tonneaux dans lesquels il avait tassé la neige. Il en préleva un morceau et le tendit à sa passagère. La neige crissa sous les dents de la jeune fille et fondit dans sa bouche. C'était bon.

Ils approchaient du but. Maria constata qu'ils rencontraient de plus en plus de caravanes qui s'en revenaient de la ville ou s'y rendaient. C'étaient de longues files d'ânes couverts de poussière, portant sur le dos des paniers attachés avec des cordes, ou de bœufs à la mine triste traînant de lourds chariots. La route était si étroite que deux carrioles ne pouvaient s'y croiser ; l'une devait nécessairement monter sur le bas-côté pour laisser passer l'autre.

La jeune fille distingua bientôt une masse sombre à l'horizon. Elle aperçut ensuite de hautes maisons aux toits rouges, et son cœur se mit à battre plus vite. Les bruits et les odeurs de la ville commençaient à lui parvenir. Francisco fouetta sa mule, peu soucieux de la ménager, puisqu'ils étaient presque arrivés.

Sous l'énorme porche ouvrant le passage dans la ville, Maria remarqua deux hommes. Ils se tenaient jambes écartées, mains sur les hanches. Le plus grand des deux, un monstre bedonnant, s'avança vers la carriole de Francisco :

– Arrête-toi ! Ordre du roi !

Le charretier stoppa sa mule.

– Des gardes ! bougonna-t-il. C'est bien la première fois que j'en vois, à cette porte-là...

L'autre homme, un petit maigrichon coiffé d'un chapeau mou et râpé, fit un pas vers la charrette avec un air sévère :

– Qui va là ? demanda-t-il.

Le marchand de neige donna son nom.

– Montre-moi ton laissez-passer !

Francisco fronça les sourcils :

– Quel laissez-passer ? Je ne sais pas de quoi vous parlez !

– C'est obligatoire, intervint le gros moustachu.

– Mesure de sécurité ! éructa le gringalet. Ce sont les consignes. La nouvelle reine arrive demain à Madrid.

Le marchand secoua la tête :

– Et alors ? C'est pas parce que le roi se remarie qu'il faut boucler la ville.

– Sans laissez-passer, faut payer ! C'est cent réaux. Avec la fille, ça fera cent cinquante !

– Cent cinquante réaux ! Mais je les ai pas ! protesta le marchand.

Maria serra la chatte contre sa poitrine. Si les choses tournaient mal, elle pourrait toujours sauter de la charrette et filer.

Le maigrichon chuchota quelques mots à l'oreille de son acolyte, puis se tourna vers Francisco.

– Combien tu as ?

Le marchand de neige vida dans sa paume le contenu de la bourse suspendue à sa ceinture.

– Trois réaux ! déclara-t-il après avoir compté son argent.

C'était ce qu'il avait gagné en vendant un tonneau de neige au conducteur d'un convoi, croisé en chemin.

Le garde tendit la main, mécontent :

– Pour cette fois, ça ira.

Il empocha l'argent avec précipitation en ravalant un ricanement satisfait. À cet instant, Maria comprit la supercherie. Francisco aussi, mais déjà les deux voleurs s'enfuyaient dans la campagne.

Le marchand brandit un poing furieux dans leur direction :

– Ah ! Les canailles ! Les canailles ! Comment ai-je pu être aussi stupide !

Il fit claquer son fouet. La pauvre mule, bien qu'épuisée, se remit à trotter. Il fallait aller vite, vendre la neige avant qu'elle ne soit fondue.

Quelques instants plus tard, ils roulaient dans une allée bordée d'arbres. La chaussée était noire de monde. Des hommes, des femmes et des enfants circulaient à pied ou en charrette ; d'élégants carrosses transportaient des passagers, dont Maria apercevait la tête et les épaules richement parées. Jamais elle n'avait vu une telle foule.

Ils atteignirent une grande place, où des hommes installaient une estrade. Des odeurs de poisson, de pourriture et d'ail frit provenant d'un petit marché à ciel ouvert saturaient l'air. Maria, incommodée, se boucha le nez avec un pan de son tablier. Puis, levant les yeux, elle aperçut les lampions suspendus aux balcons des maisons. « Les voleurs n'ont donc pas tout inventé, songea-t-elle. Madrid se prépare vraiment à fêter sa nouvelle reine. » À la Casa Botin, personne n'en avait parlé.

Le passage était tellement encombré qu'ils n'avançaient presque pas. Francisco s'adressa à Maria en ronchonnant :

– Si ça continue, c'est de l'eau que je vais leur vendre ! Tu devrais descendre, tu irais plus vite à pied !

Maria hésita. Elle faillit objecter qu'elle n'avait pas besoin de se presser, car personne ne l'attendait, mais elle se retint. Elle redoutait que Francisco ne lui recommande de rentrer chez elle. Et, au fond, il aurait peut-être eu raison...

– D'accord, je m'en vais, dit-elle au bout d'un moment d'une voix légèrement troublée.

Francisco perçut l'embarras de sa passagère et en devina immédiatement la raison. Maria était seule, et sans doute livrée à elle-même. Elle n'était pas la première : tous les jours, des filles de la campagne venaient tenter leur chance dans la grande ville.

– Va à l'église San Nicolas, lui conseilla-t-il. Demande le père Pablo de ma part.

Maria le remercia avec chaleur. Elle avait si peu l'habitude d'être aidée ! Elle prit la chatte dans ses bras, sauta à terre et s'éloigna.

Trois arbres ombrageaient une petite place tranquille, à l'écart de la foule. Une fontaine en occupait le centre, où l'eau claire et fraîche coulait goutte à goutte. Maria s'y abreuva longuement, puis s'assit sur la margelle pour réfléchir. Comment trouver l'église San Nicolas ? Il aurait fallu qu'elle pose la question à quelqu'un ; seulement, elle n'osait pas. Ces citadins pressés qu'elle croisait depuis son arrivée l'intimidaient. Et qu'allait-elle faire de la chatte ? Ne risquait-elle pas de la perdre ? Elle pourrait l'attacher, lui fabriquer une sorte de laisse... Oui, c'était la solution ! Elle trouva une ficelle qui traînait par terre et la passa autour du cou de l'animal ; celui-ci ne broncha pas. Maria sourit :

– Tu es une bonne petite chatte, Mimosa !

5

Maria passa la matinée à arpenter Madrid, à la recherche de la fameuse église. Elle commençait à désespérer lorsque, s'approchant d'un édifice de granit noir dont le dôme cuivré était surmonté d'une croix, elle lut sur le fronton : San Nicolas. Soulagée, la jeune fille se pencha vers la chatte, lui ôta sa laisse et lui chuchota à l'oreille :

– On y est ! Tu vas m'attendre dehors, pendant que je parle au père Pablo.

Des cierges par centaines répandaient dans l'église une lumière tremblotante. Maria s'arrêta, émerveillée : tout brillait ici ! Elle observa des femmes agenouillées sur les bancs, entendit le murmure de leurs prières, et se demanda où était le prêtre. Elle le chercha du regard dans les allées et, ne le voyant pas, s'avança vers l'autel illuminé. Dressé sur l'autel, un grand cadre rectangulaire à trois volets attira son attention. Elle s'en approcha. Deux splendides chevaux étaient peints sur le panneau du milieu. L'un, cabré sur ses jambes arrière, paraissait hennir à pleins naseaux. L'autre, la pupille dilatée, le regard d'un noir étincelant, frappait la terre de ses sabots furieux. Leur affolement était presque palpable.

La jeune fille détailla la foule peinte autour des deux bêtes : des vieillards, des mendiants, des enfants... Comme les deux chevaux, ils semblaient inquiets et agités. Elle aurait aimé savoir pourquoi. Que leur était-il arrivé ?

Le regard de Maria glissa vers le bas de la peinture, où une femme serrait dans ses bras un bébé. Contrairement aux autres personnages du tableau, elle était calme et souriait aux trois vieillards venus lui offrir des présents. Maria tendit la main pour effleurer son visage sur la toile : elle était si belle !

Un raclement de gorge l'arrêta.

– Tu l'aimes ?

Maria se retourna brusquement. Deux yeux sombres la dévisageaient.

– Tu l'aimes, ce tableau ? insista l'homme.

Il portait une soutane et un grand chapeau noir. C'était sûrement le père Pablo, l'ami de Francisco. Que lui avait-il dit ? Ah oui, il lui avait demandé si elle aimait le *tableau*. Elle n'avait jamais entendu ce mot. Le prêtre devait parler de l'image dans le cadre doré : les chevaux fous de terreur, la foule nerveuse, la femme tranquille et souriante.

– Elle, c'est Marie, reprit le curé à voix basse, désignant le personnage serein.

Puis il montra les trois vieillards :

– Et voici les Rois Mages. Ils sont venus apporter des cadeaux à Marie pour la naissance de son fils, Jésus.

« Marie, Jésus, les Rois Mages ! Ainsi, ce sont eux ! » pensa Maria.

– Et les chevaux ? voulut-elle savoir. Pourquoi sont-ils si inquiets ?

– Ils devinent que cet enfant-là n'est pas comme les autres. Ils ont peur et se cabrent. Les humains non plus ne sont pas rassurés : le mystère de Jésus les dépasse.

Maria fronça les sourcils, songeuse. On voyait tant de choses dans ce tableau ! Il racontait toute une histoire.

Le père Pablo se pencha vers elle :

– Tu n'es pas d'ici, n'est-ce pas ?

Maria secoua la tête :

– C'est Francisco, le marchand de neige, qui m'a conseillé de venir vous trouver...

Un large sourire se dessina sur le visage du prêtre :

– Mon ami Francisco ! J'imagine que tu cherches un travail.

La jeune fille acquiesça.

– Que sais-tu faire ?

Maria hésita. Elle ne s'était jamais posé la question.

– La cuisine, le ménage, le repassage... et je sais m'occuper des poules, des cochons et des lapins !

Le père Pablo croisa les bras sur sa poitrine pour réfléchir :

– Je vais te donner une adresse. C'est dans le quartier des peintres.

Maria écarquilla les yeux :

– C'est quoi, un peintre ?

– C'est un homme dont le métier consiste à peindre des tableaux, expliqua le prêtre, qui semblait amusé par l'ignorance de Maria. Tu iras chez maître Pacheco de ma part. On m'a dit qu'il cherchait une bonne.

Maria prit la main du père Pablo et la baisa avec reconnaissance. L'idée d'avoir peut-être un travail, un lit et de quoi se nourrir la réconfortait. Un repas chaud lui redonnerait des forces. Elle en avait bien besoin, après la nuit qu'elle venait de passer et les émotions de la journée précédente.

Dehors, la jeune fille retrouva la chatte, qui vint se frotter contre ses jambes. Elle la prit dans ses bras et se mit en route, impatiente de se rendre chez le peintre.

Suivant les indications du prêtre, elle se dirigea vers l'ouest et entra bientôt dans un quartier animé. Elle parcourut un lacis de petites rues avant de trouver la *calle* Cantarranas [1], où habitait José Pacheco. C'était une ruelle étroite, où presque tous les rez-de-chaussée des maisons étaient occupés par des boutiques. Au-dessus de chaque échoppe était suspendue une enseigne de bois peint signalant l'activité de l'artisan. Comme Maria ignorait à quoi pouvait ressembler celle d'un peintre, elle commença à scruter chaque devanture avec attention.

Soudain, elle sentit la tête lui tourner. Elle posa la chatte et essuya son front trempé de sueur. Le sol se déroba sous ses pieds. Maria s'était évanouie.

1. La rue du Chant des grenouilles.

6

Angel et Baltasar travaillaient près de la fenêtre, dans l'atelier de leur maître, lorsqu'ils virent Maria s'écrouler. Angel se précipita aussitôt dans la rue pour la secourir.

– Viens donc m'aider à la transporter à l'intérieur ! cria-t-il à son camarade.

Baltasar s'approcha. Désignant les pieds nus de Maria, noirs de saleté et couverts d'écorchures, il grommela :

– Pourquoi se donner cette peine ? C'est rien qu'une vagabonde !

– Et alors ? rétorqua Angel en passant son bras sous les épaules de Maria.

Il entreprit de soulever le corps inanimé. La jeune fille n'était pas lourde, et il n'eut aucun mal à la porter dans l'atelier. Il la posa délicatement sur le sol, puis dénicha un chiffon, qu'il roula en boule et glissa sous sa tête. Observant le visage pâle aux yeux clos, il songea que Baltasar se trompait : l'inconnue ne ressemblait pas à ces filles en haillons qui traînaient dans les rues de Madrid en réclamant l'aumône. Ses pieds étaient sales, mais sa robe, bien qu'usée, n'était pas déchirée, et ses longs cheveux noirs étaient propres et peignés.

Maria gémit et battit plusieurs fois des paupières. Entre ses cils, elle vit un garçon accroupi près d'elle ; il portait des bas de coton brun et un pourpoint constellé de taches de couleur. Son visage arrondi était auréolé de cheveux châtains bouclés. Il tendit une main calleuse pour l'aider à se redresser.

Assise par terre, le dos appuyé contre le mur de l'atelier, Maria retrouvait peu à peu ses esprits ; mais la tête lui tournait encore, et une odeur violente lui piquait les narines. Où pouvait-elle bien être ? Elle pensa soudain à la chatte. Elle se rappelait l'avoir déposée à terre avant de perdre connaissance, et la chercha du regard.

Elle aperçut alors l'autre garçon. Il se tenait en retrait, à quelques pas d'elle. Grand, large d'épaules, les jambes musclées, presque noueuses, il avait déjà l'air d'un homme. La jeune fille croisa son regard et détourna aussitôt les yeux, gênée.

Elle commença à scruter la pièce. C'était une vaste salle, haute de plafond, percée de deux grandes fenêtres recouvertes d'un papier graissé à l'huile filtrant la lumière. Un indescriptible fouillis régnait dans cet espace encombré de tables, simples planches de bois installées sur des tréteaux. Ces dernières étaient jonchées de pots, de feuilles de papier, de plumes et de crayons. Çà et là étaient posés des chaudrons, des bassines et de curieux récipients de verre de forme arrondie. Aux murs étaient accrochés une multitude d'outils et de dessins. Sur des chevalets, Maria remarqua plusieurs images aux couleurs brillantes, comme le tableau de l'église San Nicolas.

– Tu es dans l'atelier de maître Pacheco, lui apprit Angel.

La jeune fille esquissa un sourire. Ainsi, elle y était arrivée !

– Je dois lui parler, fit-elle.

– Il n'est pas là, rétorqua Baltasar. Mais on peut peut-être te renseigner. Nous sommes ses apprentis.

– Il va revenir ? s'enquit Maria.

Baltasar ricana :

– L'année prochaine... si tout va bien !

Angel lui jeta un regard agacé :

– Ne dis pas n'importe quoi ! Il ne devrait pas tarder...

– Si on ne peut même pas plaisanter ! D'ailleurs, tu ne crois pas que ça suffit avec cette fille. Tu ne vas pas jouer les gardes-malades toute la journée !

À ces mots, Maria tenta de se lever, mais le sol et les murs se mirent à tourner, et elle dut faire un effort surhumain pour garder son équilibre. C'est alors que des pas résonnèrent dans la pièce. Des bottes à bouts ferrés martelaient le carrelage de l'atelier. Un homme de taille moyenne, le corps sec, le cheveu brun, les yeux très bleus, s'approchait lentement.

– Que se passe-t-il ? Qui est cette fille ? demanda-t-il.

– On l'a trouvée devant la porte, maître, répondit Angel. Elle s'était évanouie...

– Je vois ! Eh bien, maintenant faites-la partir et remettez-vous au travail, ordonna José Pacheco.

– Maître ! intervint Angel. Elle a peut-être faim. Je pourrais lui donner de la soupe, il en reste de ce midi.

Don José haussa les épaules :

– Si tu veux, mais après, qu'elle s'en aille. Vous avez à faire, tous les deux !

Maria voulut parler, expliquer qu'elle n'était pas une mendiante, qu'elle venait pour la place de servante... mais aucun son ne put franchir ses lèvres.

Bientôt Angel, qui s'était éclipsé, rapporta un bol de potage et le lui tendit. Elle le remercia d'un signe de tête. Tout en buvant, elle entendit de nouveau la voix du peintre, au fond de l'atelier :

– Baltasar ! Qu'est-ce que c'est que cette bouillie ? tempêtait-il en montrant une bassine de cuivre chauffant sur un brasero.

Une épaisse fumée noire s'échappait de la mixture et se répandait dans la pièce.

– C'est mon liant [1], maître, marmonna l'apprenti en mélangeant le liquide doré à l'aide d'une longue plume.

– Il est bon à jeter ! Tu n'as pas correctement dégraissé ton huile ! gronda le peintre.

Puis, se tournant vers Angel :

– Et toi, ne reste pas planté là, à bayer aux corneilles ! As-tu seulement fini de préparer mes couleurs ?

– Non, maître !

– Qu'attends-tu donc ? Qu'est-ce qui vous arrive, à tous les deux, aujourd'hui ?

Le regard mécontent de don José se posa sur Maria. La jeune fille rassembla son courage :

– Le père Pablo, de l'église San Nicolas, m'a dit que vous cherchiez une servante...

Le peintre fronça les sourcils :

– Ah oui ! Et alors ?

– Je viens pour la place.

---

1. Pâte que l'on mélange aux pigments colorés pour fabriquer la peinture.

– Pour la place, répéta José Pacheco. Et où as-tu servi ?

– Dans une auberge, à la campagne.

Le peintre toisa Maria d'un air sceptique. Elle lissa nerveusement sa robe.

– C'est quatre réaux par semaine, nourrie, logée, déclara-t-il. Angel va te montrer ta chambre. Repose-toi jusqu'à demain matin, tu es pâle à faire peur.

La tension qui avait envahi Maria se relâcha. Elle remercia don José avec gratitude. Ce dernier coupa court à ses effusions et s'éloigna en boitant vers le fond de l'atelier.

Angel désigna à la jeune fille les marches qui menaient à l'étage supérieur :

– Tu dors là-haut, viens !

Maria hésita à le suivre. Elle voulait d'abord retrouver la chatte.

Au même instant, elle entendit un léger miaulement. Elle tourna la tête. L'animal était assis sur le seuil de la porte restée ouverte, et la regardait intensément. Maria sentit son cœur bondir dans sa poitrine. Son amie était là !

– Tu crois que je peux l'emmener dans ma chambre ? demanda-t-elle à Angel.

L'apprenti haussa les épaules :

– Bah ! Pourquoi pas ?

Allongée sur son lit, Maria regardait les nuages qui s'effilochaient derrière la lucarne de sa petite chambre. Elle avait toujours aimé suivre la course de leurs formes blanches dans le bleu du ciel. À San Fernando, elle passait de longs moments à observer leurs transformations, s'amusant à y découvrir des silhouettes d'animaux.

Ses yeux se portèrent ensuite sur les murs de la mansarde. La pièce était minuscule : un lit, une commode, une chaise, voilà tout ce qu'elle pouvait contenir. Mais c'était suffisant, puisqu'il y avait cette toute petite fenêtre, ouverte sur le ciel de Madrid. Elle observa la chatte, occupée à se lécher les babines. Angel avait pensé à elle : avant de monter, il était allé lui chercher des restes à la cuisine, et elle avait tout dévoré avec grand appétit.

– Tu sais, tu vas avoir de nouveaux compagnons, lui confia Maria. Trois garçons. Angel et Baltasar partagent une chambre, de l'autre côté du palier. Et il y a un troisième peintre dans la chambre à côté. Je ne l'ai pas vu, mais Angel m'a dit qu'il s'appelait Juan. Il a vingt ans.

Maria s'étira dans son lit, puis reprit :

– Tu te rends compte, Mimosa, on est à Madrid ! Jamais plus doña Ignacia ne pourra nous faire de mal.

La chatte s'approcha et piétina doucement le ventre de Maria en ronronnant.

7

La lumière rose pâle du matin réveilla Maria. Un court instant, elle se demanda où elle était ; puis elle sourit. Elle s'assit sur son lit et caressa la chatte, qui dormait encore, roulée en boule sur la couverture.

La jeune fille se leva, passa ses doigts dans ses cheveux emmêlés et se promit d'acheter une brosse à cheveux et du linge avec ses premiers gages [1]. Puis elle versa dans une cuvette l'eau du pichet posé sur la commode et entreprit de faire sa toilette, qu'elle termina en s'aspergeant le visage. Relevant la tête, elle croisa son regard dans le minuscule miroir suspendu à un clou. Le petit éclat d'or dans son œil lui parut plus vif que d'habitude. Elle plissa les

1. Le salaire des domestiques.

paupières pour le cacher, puis ouvrit grand les yeux et s'écria :

– Je m'appelle Maria Brugada. J'habite à Madrid. Je suis la servante de don José.

Elle enfila sa robe et chaussa ses sabots avec difficulté. De nouvelles chaussures, voilà ce qu'il lui faudrait aussi se procurer.

– Attends-moi ici et sois bien sage ! recommanda-t-elle à la chatte endormie.

Maria entra dans l'atelier. Ils étaient quatre, penchés sur l'ouvrage : don José, Angel, Baltasar et un autre garçon, plus âgé que les apprentis et qui fumait la pipe. De petite taille, il avait un visage ingrat aux traits anguleux. Maria songea que ce devait être Juan.

Angel aperçut la jeune fille et signala sa présence au maître. Sans quitter son travail des yeux, José Pacheco ordonna :

– Nettoie la maison et prépare le repas. On mange à midi. Tâche de te débrouiller toute seule, je n'aime pas être dérangé pendant le travail !

Une terrible puanteur saisit Maria à la gorge quand elle entra dans la cuisine. La main sur la bouche, elle se précipita pour ouvrir la porte qui donnait sur la cour et inspira goulûment l'air du dehors. Puis elle retourna dans la pièce et évalua la situation. Dans une bassine, la vaisselle sale s'accumulait. Une nuée de mouches s'acharnait sur une carcasse de poulet abandonnée sur la table. Le sol était jonché de détritus. « Don José avait grand besoin d'une bonne, en effet », se dit-elle.

Elle retroussa ses manches et s'attela à la tâche. Toute la matinée, elle lava, brossa, récura avec ardeur.

Sur le coup de onze heures, tout était propre et bien rangé. Un parfum de savon flottait dans la cuisine. Passant ses mains mouillées sur son visage, Maria contemplait le résultat de ses efforts lorsqu'une jeune femme parut, un panier au bras. Elle avait les cheveux châtains, le teint rose et les lèvres pourpres. Sa robe semée de petites fleurs bleues mettait sa poitrine et sa taille en valeur.

– Moi, c'est Pepa ! fit-elle joyeusement. Et toi, tu dois être la nouvelle bonne ?

Puis, pinçant doucement la joue de Maria, elle devina :

– Tu n'es pas d'ici, toi...

La jeune fille secoua la tête en rougissant. Cela se voyait-il donc tant ? Elle se sentit soudain honteuse de sa robe usée. Il faudrait absolument qu'elle trouve le temps de s'en coudre une nouvelle.

Pepa posa énergiquement son panier sur la table :

– Je t'apporte de quoi les nourrir. C'est moi qui fais les courses, dans cette maison. Regarde un peu !

Un pain à l'anis, un poisson bien frais, trois livres d'aubergines, deux livres de tomates, un sac de riz ! Et une bouteille de vin rouge. Je les soigne bien, mes peintres, pas vrai ? J'espère que tu sais cuisiner.

– J'ai travaillé dans une auberge.

– Alors, tu dois savoir y faire. Prends bien soin du maître. Tu as vu comme il est maigre ? Il se nourrit seulement quand il y pense. Au fait, comment tu t'appelles ?

– Maria.

– Comme ma petite sœur. La grande, c'est Inès ! On va voir passer la nouvelle reine, cet après-midi. Tu nous accompagnes ?

– Je ne peux pas, je travaille.

Pepa haussa les épaules :

– Dommage ! On va bien s'amuser ! Enfin, si tu changes d'avis, viens nous rejoindre calle Caravaca, la dernière maison au fond de la rue.

Pepa sortit, balançant son panier vide au bout du bras. Maria la regarda s'éloigner, ondulant des hanches dans sa robe bleue. Puis, s'approchant des victuailles étalées sur la table, elle composa le menu dans sa tête. Elle choisit un plat simple, qu'elle était sûre de réussir.

Midi sonnait au clocher de l'église lorsque les peintres entrèrent dans la cuisine. Maria les attendait devant son fourneau, droite et raide comme un petit soldat. Le poisson était frit et le riz cuit dans sa sauce à l'ail et au safran.

José Pacheco claudiqua jusqu'au bout de la table. Juan s'installa face à lui ; Angel et Baltasar prirent place sur les bancs de chaque côté. Maria remplit les écuelles, puis le peintre traça du pouce une croix sur le pain, murmura une brève parole de bénédiction et attaqua son repas. Les garçons l'imitèrent.

On n'entendait que le bruit des mâchoires et des couverts heurtant les gamelles de terre cuite. Baltasar mangeait encore plus vite que les autres, enfournant la nourriture avec voracité et buvant beaucoup. Lorsqu'il brandit son gobelet vide pour que Maria le remplisse une seconde fois, José Pacheco tapa du poing sur la table :

– Suffit, Baltasar ! Si tu as soif, bois de l'eau !

L'apprenti reposa son verre d'un air renfrogné.

Le déjeuner terminé, les quatre hommes se levèrent en remuant bruyamment bancs et tabourets. Le maître, Juan et Angel quittèrent la pièce.

– C'était rudement bon ! glissa ce dernier à l'oreille de Maria.

Maria se sentit rougir. Elle n'avait pas l'habitude des compliments. Elle ramassa la vaisselle sale, l'empila dans la bassine et commença à la laver. Le regard de Baltasar, qu'elle devinait dans son dos, la mettait mal à l'aise. L'apprenti versa du vin dans un gobelet, puis le leva vers elle :

– Bois donc un coup à la santé de la nouvelle reine !

Maria refusa. Baltasar insista, approchant la timbale de ses lèvres :

– Si, allez !

Elle détourna le visage, et une partie du liquide rouge se renversa, éclaboussant sa robe.

– Bécasse ! Regarde un peu ce que tu as fait ! s'écria le garçon, furibond.

La jeune fille pencha la tête et reprit sa vaisselle. Qu'il parte ! Qu'il la laisse tranquille ! Cependant il restait ; il tournait en rond dans la cuisine en bousculant les tabourets sur son passage.

Enfin, il sortit en claquant la porte. Maria soupira. Elle rassembla les restes du repas et les remisa dans le garde-manger. Elle était incapable d'avaler quoi que ce soit.

La maison était calme, les peintres faisaient la sieste. Maria n'avait pas sommeil. Un balai à la main, elle traversa le couloir menant à l'atelier. Toute la matinée, elle avait pensé à la pièce où l'on fabriquait ces fameux tableaux. Elle ouvrit doucement la porte et pénétra à l'intérieur.

Le soleil du début d'après-midi déposait sur les murs ses rayons de lumière. L'un d'eux éclairait la moitié d'une grande toile, exposée sur un chevalet : un homme en armure montant un cheval pie sur fond de ciel azur.

Fascinée et intriguée, Maria s'approcha. Elle sentit au creux de son ventre le même trouble et la même excitation qu'à l'église San Nicolas. Comme la première fois, elle avait envie de faire courir ses doigts sur la toile pour sentir le relief de la peinture. Elle avança prudemment l'index. La peinture encore fraîche colla au bout de son doigt.

– On ne touche pas !

La voix grave de José Pacheco résonna dans la pièce. Maria sursauta.

– Je-je suis venue faire le ménage, balbutia-t-elle.

Le peintre la fixa :

– Les garçons s'en chargent ! Tu n'as pas à être ici. Il y a bien trop de choses fragiles...

La jeune fille sortit, déçue. Elle aurait pourtant bien voulu les voir tous, ces tableaux...

L'après-midi fila. Maria balaya l'escalier, les couloirs et les chambres : celle de don José au rez-de-chaussée, celle des apprentis à l'étage. Elle voulut entrer dans celle de Juan, mais la trouva fermée.

Redescendant l'escalier, elle frappa à la porte de l'atelier et demanda au jeune homme la clef de sa chambre pour y faire le ménage. Il secoua la tête, l'air mauvais :

– Inutile ! Je me débrouille !

Il avait un ton suffisant, presque méprisant. Maria n'insista pas. Sans l'atelier et sans la chambre de Juan, la maison n'était pas si grande. Elle s'en sortirait aisément. La jeune fille s'attaqua à la lessive. Il y en avait assez pour l'occuper jusqu'au soir.

Elle essorait les draps dans la cour lorsqu'elle entendit les premiers roulements de tambours de la fanfare. Dans les rues de Madrid, on commençait à chanter et à jouer de la musique en attendant le passage de la jeune reine.

Maria monta se coucher tard, les bras douloureux à force d'avoir frotté le linge. Dans les rues, la fête battait toujours son plein. Elle imagina Pepa, tournoyant dans sa robe bleue en compagnie de ses sœurs. La chatte miaula, et Maria lui offrit les restes du déjeuner qu'elle avait mis de côté pour elle dans le garde-manger. L'animal se jeta sur la nourriture en ronronnant. Maria n'eut pas le temps de le voir terminer son assiette : elle dormait déjà, tout habillée, sur son lit.

8

L'automne était arrivé. Maria vivait chez José Pacheco depuis plus de deux mois, à présent. Elle travaillait beaucoup et sortait rarement de la maison du maître. Madrid l'intimidait encore, et elle préférait regarder la ville par sa lucarne, ou l'imaginer.

Ses journées s'égrenaient, toutes semblables. Levée à l'aube, elle faisait sa toilette à l'eau froide, se coiffait, s'habillait, puis descendait dans la cuisine préparer le café et la bouillie de céréales pour les peintres. Le dimanche, elle se levait une heure plus tard et remplaçait le café par un épais chocolat. C'était Angel qui lui avait appris la recette. Il fallait broyer les grains de cacao avec des amandes et des noisettes, ajouter du sucre et de la cannelle, mélanger le tout avec de l'eau chaude et laisser mijoter jusqu'à obtenir une crème épaisse. Le garçon lui avait expliqué que ce breuvage était très à la mode à Madrid. Les fèves de cacao venaient d'Amérique, un pays du Nouveau Monde découvert par les Espagnols.

Maria consacrait toutes ses matinées à ranger la cuisine et à préparer le déjeuner, le seul repas chaud de la journée. Après la vaisselle, elle montait faire la sieste dans sa chambre, comme les autres. L'après-midi, elle lavait le linge en le frottant avec du sable, repassait celui de la veille et nettoyait les chambres.

Le plus souvent, la jeune fille était seule, et cela lui convenait. Juan continuait à l'ignorer, et José Pacheco se contentait de lui adresser de temps à autre un sourire distrait. Angel, en revanche, était toujours aimable et gentil. Parfois, il frappait à la porte de sa chambre et tous deux bavardaient tranquillement sur le palier.

Quant à Baltasar, il s'obstinait à lui tourner autour. Il choisissait le moment où elle avait les mains plongées dans l'eau de vaisselle pour la frôler et lui souffler dans le cou.

Un jour, il avait fait exprès de se prendre les pieds dans une chaise pour se rattraper à sa taille. Il l'avait alors serrée brutalement dans ses bras. Maria avait tenté de se dégager, mais Baltasar avait raffermi son étreinte. Heureusement, don José était arrivé et l'apprenti avait relâché la jeune fille. Depuis, Maria faisait son possible pour l'éviter, car elle avait peur de lui.

Dans la cour, les feuilles de la glycine avaient viré au jaune orangé. Quelques-unes tombaient déjà en tourbillonnant doucement. Maria les balayait chaque matin, sous l'œil amusé de Mimosa. Don José avait autorisé sa servante à garder la chatte, à condition qu'elle n'entre pas dans l'atelier. La jeune fille profitait de cette occupation pour jeter un œil à l'intérieur de la pièce interdite par l'entrebâillement de la porte. Celle-ci restait fréquemment ouverte pour évacuer la fumée noire qui montait des vernis et des colles en train de cuire. Maria ne distinguait pas grand-chose, mais c'était toujours mieux que rien. Les tableaux exerçaient sur elle une véritable fascination, et elle regrettait de ne pouvoir les examiner de plus près. Cependant, elle ne voyait vraiment pas comment elle aurait pu pénétrer dans l'atelier, à moins de trouver un bon prétexte !

Le dernier jeudi du mois de novembre, Pepa fit irruption dans la cuisine en chantonnant. Elle posa son panier chargé de victuailles et tendit un paquet à Maria.

– Cadeau ! fit-elle, l'air mystérieux.

Maria ouvrit le présent, le cœur battant. C'était une robe rose, cintrée à la taille et froncée en dessous, comme l'exigeait la mode.

– Elle ne me va plus, alors je l'ai arrangée pour toi, expliqua Pepa.

La jeune fille sentit sa gorge se nouer d'émotion. Pepa dut s'en apercevoir, car elle la prit dans ses bras et la serra contre sa poitrine. Elle sentait la fleur d'oranger.

Le soir, avant de se coucher, Maria fit chauffer de l'eau dans une grande marmite. Puis elle s'enferma dans la cuisine, se déshabilla et défit ses cheveux. Ensuite, elle versa l'eau chaude dans une énorme bassine, dans laquelle elle s'assit. Elle resta longtemps ainsi, jusqu'à ce que son bain refroidisse.

Sa toilette terminée, Maria enfila la robe rose et monta dans sa chambre. Derrière la porte des apprentis, elle entendit le rire moqueur de Baltasar, et se hâta de gagner sa mansarde.

Quelques jours avant Noël, il gela à pierre fendre. Une pellicule de givre se déposa sur les toits de Madrid. Malgré sa couverture, Maria avait eu froid toute la nuit, et même la présence de la chatte, roulée en boule contre sa poitrine, n'avait pas suffi à la faire cesser de grelotter. Sitôt levée, la jeune fille se dépêcha d'enfiler ses habits pour aller travailler.

Elle préparait le gruau d'avoine lorsque Juan arriva, la pipe à la bouche comme à son habitude, une écharpe de laine autour du cou. Sans même la saluer, le garçon se dirigea vers le fourneau et réchauffa la soupe qui restait dans la marmite. Il était le seul à prendre du potage le matin, et préférait s'occuper lui-même de son petit déjeuner.

Juan posa sa pipe et vida son bol, s'interrompant à plusieurs reprises pour tousser. Puis il sortit sans avoir prononcé un mot, égal à lui-même. Maria avait appris par Angel la place qu'il occupait dans l'atelier : il n'était pas apprenti, comme lui et Baltasar, mais déjà compagnon. Bientôt, il pourrait passer maître à son tour et ouvrirait son propre atelier. La jeune fille se demandait si c'était ce statut qui donnait à Juan son air supérieur.

Les deux apprentis entrèrent à leur tour dans la cuisine. Maria versa la bouillie brûlante dans leurs écuelles et, pendant qu'ils mangeaient, lava le bol de Juan. Soudain, la porte s'ouvrit à la volée. Le compagnon apparut et s'exclama, furieux :

– Baltasar, c'était bien ton tour de nettoyer les pinceaux, hier soir ?

– Et alors ? fit l'apprenti sans lever le nez de son gruau.

– Alors, tu ne l'as pas fait !

– T'as qu'à le faire toi-même ! répliqua Baltasar.

Ce à quoi Juan rétorqua :

– Ce n'est pas le travail du compagnon ! Tu le sais parfaitement.

– C'est quand même toi qui les as utilisés, ces fichus pinceaux ! Moi, je n'ai pas peint hier.

Les mâchoires de Juan se durcirent, et il articula :

– C'est l'apprenti qui lave les pinceaux. Alors, tu y vas tout de suite, compris ?

Baltasar fixait Juan tel un chien prêt à mordre. Angel s'interposa :

– Allez, vous n'allez pas vous battre ! Je vais les laver, moi, ces pinceaux.

Le compagnon secoua la tête :

– Pas question ! J'en ai assez que Baltasar se croie tout permis ! Apparemment, il a oublié qu'il sort de prison...

L'apprenti brandit le poing vers Juan :

– Fumier !

Angel lui saisit le bras :

– Calme-toi, le maître va nous entendre !

Baltasar haussa les épaules, se leva et sortit dans la cour en claquant la porte derrière lui.

– Imbécile ! lâcha Juan avant de quitter la cuisine.

Maria se retrouva seule et soupira. Quelle histoire pour des pinceaux ! Elle les aurait nettoyés volontiers, si seulement on le lui avait proposé. Elle repensa aux paroles de Juan. Ainsi, Baltasar avait fait de la prison. Quel crime avait-il donc commis ?

9

Le clocher de l'église voisine carillonna les douze coups de midi. Le compagnon et les apprentis abandonnèrent leur travail et se dirigèrent vers la cuisine, où ils prirent place sans un mot.

José Pacheco ne tarda pas à les rejoindre et il alla s'asseoir en bout de table, devant son assiette vide. Les peintres évitèrent de croiser le regard de leur patron. Baltasar était arrivé à l'atelier très en retard, et le maître lui avait fait de sévères remontrances. Angel et Juan n'avaient pas été épargnés : il leur avait reproché leur manque de concentration.

– Alors, Maria ! C'est pour aujourd'hui ou pour demain ? s'énerva José Pacheco.

– Voilà ! Voilà !

La jeune fille leur servit une épaisse omelette aux pommes de terre. Les peintres mangèrent dans un silence pesant, troublé seulement par le bruit des fourchettes contre les assiettes.

Don José, qui avait terminé son écuelle, fit mine de se lever ; puis se ravisa. Les mains posées à plat sur la table et le buste penché vers ses élèves, il demanda :

– Qui est chargé du balayage en ce moment ?

Personne ne répondit.

– Le travail est négligé, continua le peintre. Il y a plein de pigments écrasés par terre.

– C'est Baltasar qui est de corvée de ménage, cette semaine, signala Juan. Mais il ne l'a pas fait.

– C'est que j'en ai trop ! se défendit Baltasar. Avec les études que vous m'avez données à faire pour la Vierge du couvent des Trinitaires, je n'ai plus le temps pour le ménage. Angel pourrait me remplacer.

Ce dernier protesta :

– J'ai déjà lavé tes pinceaux ce matin, Baltasar. Il ne faut pas exagérer !

– En effet, trancha José Pacheco. Il n'y a pas de raison qu'Angel écope de toutes les basses besognes de l'atelier. Et puis, il va se mettre au dessin. Il est prêt maintenant.

Les joues rondes du garçon rosirent de plaisir, tandis que Juan se raidissait.

– Vous pourriez engager un autre apprenti..., suggéra Baltasar.

– C'est vrai ! approuva Angel. L'atelier marche bien, vous avez de plus en plus de commandes !

Le maître passa la main dans ses cheveux :

– On verra...

Le lendemain matin, Maria se leva plus tôt que d'habitude et descendit allumer le fourneau dans la cuisine. La pièce glaciale ne tarda pas à se réchauffer. La jeune fille prépara le café de don José et attendit son arrivée avec un mélange d'impatience et d'appréhension. Elle avait une requête à lui présenter.

Bientôt, le pas claudiquant du peintre résonna dans le couloir.

– Qu'est-ce que tu fais là de si bonne heure ? s'étonna-t-il en découvrant la servante déjà au travail.

– Je n'avais plus sommeil.

Elle prit la cafetière sur le feu et, tout en remplissant la tasse de maître Pacheco, elle ajouta précipitamment :

– Don José ! Je peux nettoyer l'atelier, je suis sûre que j'y arriverai !

Les mots que Maria venait de prononcer étaient si importants pour elle que l'émotion avait fait trembler sa main. Quelques gouttes de liquide brûlant éclaboussèrent le peintre. Celui-ci recula et s'exclama en fronçant les sourcils :

– Si tu t'y prends comme ça pour le ménage...

– Je suis désolée !

Elle voulut nettoyer la tache avec un torchon, mais José Pacheco la repoussa doucement :

– Laisse, laisse. Sais-tu ce qu'il y a, dans un atelier ?

– Des tableaux...

– Oui, des tableaux pas encore secs, des pigments coûteux, des objets qui nous servent de modèles, des vases de valeur, par exemple. Et aussi des alambics en verre qui se brisent facilement. Il faut faire attention de ne rien toucher, de ne rien casser, tu comprends ?

– D'habitude, je ne suis pas maladroite.

– Peut-être. Mais n'as-tu pas déjà assez à faire ? Tu te lèves tôt et tu te couches tard. La dernière bonne se plaignait toujours qu'elle avait trop de travail et toi, tu en redemandes ! Est-ce parce que tu veux être plus payée ?

– Ce n'est pas pour l'argent ! protesta Maria. Je voudrais seulement vous aider.

– M'aider ? répéta José Pacheco, surpris.

La jeune fille hocha vigoureusement la tête. Le peintre réfléchit un instant.

– Bon ! Tu pourrais en effet nous rendre service en nettoyant l'atelier, décida-t-il finalement. Cela permettrait aux apprentis de se consacrer à des travaux plus utiles, et je n'aurais pas besoin d'embaucher un autre garçon. Mais quand en trouveras-tu le temps ?

– Tôt le matin, comme maintenant, ou tard le soir, ou alors pendant la sieste. Ainsi, je ne vous dérangerai pas...

– Bien ! Après tout, pourquoi pas ?

– Je peux commencer tout de suite ?

Le maître haussa les épaules :

– Si tu veux !

Maria sourit, aux anges. La porte de l'atelier s'ouvrait enfin !

Sous les meubles, dans les coins, sur les murs, partout où les araignées accrochent leurs toiles, la jeune fille passa son balai, rapide et efficace, concentrée sur sa tâche. Ce n'est que lorsque l'atelier fut propre qu'elle céda à la curiosité.

Un chiffon de laine à la main, elle s'approcha du plus grand des chevalets. Tout en passant doucement le tissu sur le cadre de bois, elle promena son regard sur la toile, où une femme très belle flottait dans les cieux. Le soleil l'enveloppait, la lune brillait sous ses pieds, douze étoiles couronnaient sa tête. Sa robe était rouge sombre, mais sa cape n'était pas encore peinte, seuls ses contours étaient esquissés. Maria effleura le tableau puis le flaira, s'enivrant des émanations d'huile de lin et de térébenthine. L'odeur forte et piquante lui plaisait.

Elle passa à un autre chevalet. La toile représentait un père sermonnant son fils. L'homme pointait son index vers le ciel, l'air menaçant. Il faisait presque peur à Maria. Elle remarqua une mouche posée dans un coin du tableau et voulut la chasser, mais l'insecte refusa de s'envoler. En y regardant de plus près, la jeune fille s'aperçut avec stupéfaction qu'il était peint. Il paraissait si vrai !

Levant les yeux, elle vit, accrochés sur le mur, trois dessins tracés au crayon rouge. Ils représentaient tous la même jeune femme blonde, les cheveux bouclés, les sourcils arqués et le menton pointu. Maria reconnut la visiteuse qui s'était présentée dans la maison du peintre, un matin du mois d'octobre. Elle lui avait préparé un café, puis elle l'avait accompagnée à l'atelier, où les peintres l'attendaient. Lorsque les garçons étaient venus déjeuner après son départ, ils avaient parlé d'elle, la surnommant Sofia la muette.

À présent, Maria comprenait que, ce matin-là les peintres avaient capturé l'image de Sofia. L'un l'avait dessinée de face, l'autre de profil, et le troisième de dos. À moins que ce ne soit la même main qui ait exécuté les trois dessins.

José Pacheco entra dans atelier sans lui prêter attention. Il avançait lentement, en se tenant aux tables. Avec le froid, il boitait plus que d'ordinaire. Il se dirigea vers le grand chevalet et observa la femme flottant dans les cieux. Puis il passa un pinceau sur sa palette et, le bras tendu et la main souple, posa la couleur sur la cape inachevée. La jeune fille regarda l'instrument courir sur la toile ; bientôt le vêtement prit du volume. Elle vit surgir les plis, les ombres, le relief. Ses yeux pétillaient d'excitation.

– Il est tard, les garçons vont descendre prendre leur petit déjeuner. Tu devrais y aller !

Maria sursauta et s'empressa d'obéir.

Dans la cuisine, les apprentis attendaient la jeune bonne. Baltasar l'interrogea, mécontent :

– Où t'étais passée ? On a faim !

Maria commença à trancher la grosse miche de pain, mais la lame glissa, et elle manqua de se couper.

– Laisse-moi faire, dit Angel, ou tu vas perdre un doigt.

Elle ne protesta pas. Les tableaux lui avaient donné le vertige.

– Qu'est-ce que tu faisais dans l'atelier, ce matin ? insista Baltasar.

– Le ménage. Don José est d'accord.

L'apprenti ricana :

– Ah oui ? J'espère que tu ne vas pas tout nous casser.

– Ne sois pas si méchant ! intervint Angel.

Baltasar se dépêcha d'avaler sa bouillie et quitta la pièce, fâché. Angel et Maria se retrouvèrent seuls.

– Moi, je suis très content que tu nettoies l'atelier, dit le garçon en posant sur la jeune fille un regard affectueux. Cela nous laissera du temps pour faire autre chose.

– Merci... Tu n'es pas comme Baltasar... Parfois, il me fait un peu peur.

– C'est un drôle de type. Sans le maître, il aurait probablement mal tourné.

– Pourquoi ?

– Avant de travailler à l'atelier, Baltasar n'était qu'un petit voleur à la tire. Un jour, sur la place du marché, don José l'a surpris en train de dérober la bourse d'une dame. Le maître lui a demandé s'il n'avait pas mieux à faire, et Baltasar a rétorqué qu'il ne connaissait pas d'autre moyen de gagner sa vie. Alors, don José lui a proposé de lui en enseigner un. Baltasar a accepté. Je crois qu'il en avait assez de vivre dans la rue.

– Mais comment le maître a-t-il deviné que Baltasar serait capable de devenir peintre ? s'étonna Maria.

Angel tendit les paumes vers le ciel, en signe d'ignorance :

– Peut-être à la manière dont il volait. Don José a dû remarquer qu'il était habile de ses dix doigts !

– Ah bon ! fit Maria en examinant ses propres mains.

« Et les miennes ? songea-t-elle. De quoi sont-elles capables ? »

10

Maria trouva le stylet de plomb sous la grande table de l'atelier et le fit rouler dans le creux de sa paume. Il était dur, lisse et froid. Plusieurs fois, elle avait vu les peintres dessiner avec cet instrument, et elle s'était demandé quelle satisfaction elle éprouverait à le tenir dans sa main. Le stylet était plus lourd qu'elle ne l'aurait cru. Elle fit semblant de dessiner une tête de chat dans les airs ; puis, sans réfléchir, glissa la mine dans la poche de son jupon. Son cœur s'emballa : « Qu'ai-je fait ? » Elle faillit le remettre à sa place lorsqu'elle vit la feuille dans la corbeille. C'était un papier bleu et grenu, que quelqu'un avait roulé en boule avant de le jeter. La jeune fille le ramassa, le défroissa et s'aperçut qu'il était vierge. Elle le plia en quatre et le mit dans la poche de sa blouse, avec le stylet de plomb.

Tout à coup, elle se figea : José Pacheco venait d'entrer dans l'atelier ! Maria ne s'attendait pas à ce qu'il arrive si tôt, car c'était jour férié et personne ne devait travailler. Les peintres avaient prévu d'assister à la course de taureaux sur la Plaza Mayor. Tout Madrid y serait, et elle-même avait accepté de s'y rendre avec Pepa, qui avait insisté pour qu'elle sorte prendre l'air et s'amuser.

Elle s'efforça de retrouver son calme. « Ce n'est pas un vol, se répétait-elle. Je remettrai le stylet à sa place quand j'aurai fini... »

– Tu as terminé ? voulut savoir José Pacheco.

Maria hocha la tête :

– J'ai tout rangé.

– Alors, profite de la journée pour te reposer. Les garçons se débrouilleront tout seuls, pour une fois.

Elle le remercia. Depuis qu'elle s'occupait de l'atelier, don José faisait davantage attention à elle. Il paraissait apprécier son aide. Maria était d'autant plus mal à l'aise d'avoir subtilisé le stylet. Mais il était trop tard pour revenir en arrière.

La jeune fille remonta en hâte dans sa chambre. Elle posa délicatement le stylet sur la commode et déplia le papier bleu. Elle avait à présent ce qu'il lui fallait pour dessiner. Observant la chatte étendue sur le lit, elle décida de la prendre pour modèle.

Après avoir tiré la chaise près de l'animal, elle vida le tiroir de la commode et l'installa à l'envers sur ses genoux. Cela lui faisait comme un pupitre. Puis, prenant une grande inspiration, elle se lança.

Au début, elle était intimidée et très maladroite ; mais, petit à petit, il lui sembla que le stylet à mine de plomb guidait et entraînait sa main, filant sur le papier, y imprimant sa marque. C'était une sensation grisante, tellement différente de celle du bois brûlé sur le mur granuleux de la maison abandonnée de San Fernando.

Les traits, d'un beau noir, s'organisèrent peu à peu pour former une figure : les oreilles, le contour du museau, les paupières. Souvent, elle s'arrêtait et effaçait ses lignes à l'aide de la mie de pain pétrie, dont elle frottait délicatement le papier. Elle avait vu les peintres utiliser ce procédé.

Soudain, la chatte remua. Elle ouvrit un œil... puis l'autre.

– Surtout, ne bouge pas ! la supplia Maria.

Le félin bâilla et s'étira.

– Remets-toi comme avant, je t'en prie. C'est presque fini !

Un autre bâillement, un autre étirement, et la chatte se dressa sur ses pattes.

– Tu le fais exprès !

Maria entama un deuxième dessin, à côté du premier : la chatte arc-boutant le dos, le poil légèrement hérissé, telle qu'elle l'avait vue quelques secondes plus tôt. À présent, la jeune fille travaillait de mémoire, à petits traits.

Le croquis achevé, elle s'attaqua aux détails : la patte avant, la patte arrière, l'œil pailleté, la griffe acérée, la gueule grande ouverte sur les dents pointues, tout ce qu'elle avait réussi à capter, ne fût-ce qu'un instant. Ses dessins étaient maladroits et manquaient de justesse, mais cela lui était bien égal. Maria avait plaisir à dessiner et cela seul comptait.

Bientôt, il n'y eut plus un seul espace libre sur la feuille. La jeune fille s'arrêta et admira le mouvement rendu par les traits noirs. Une joie intense l'envahit. Pour la première fois, elle avait saisi la vie qui bouge ! Elle était là, sous ses yeux, pour toujours.

– Mimosa ! Mimosa ! Tu as vu ça ? s'exclama-t-elle en éclatant de rire.

L'animal s'approcha, flaira la feuille.

– Tu te plais ?

La chatte sauta sur le tiroir et chercha à s'asseoir sur les dessins. Maria la repoussa gentiment, craignant qu'elle ne les efface.

Soudain, trois coups légers frappés à la porte la firent sursauter.

– Qui est là ? demanda-t-elle.

– C'est moi, Pepa !

Maria avait oublié le rendez-vous que lui avait fixé son amie. Elles devaient se retrouver à la cuisine avant d'aller à la course de taureaux ; mais le temps avait filé, et elle était sans doute en retard. Elle rangea vite le stylet et la feuille noircie sous son matelas, remit en place le tiroir de la commode et se précipita pour ouvrir. La jeune femme était là, en robe de velours rose, le visage soigneusement maquillé.

– Maria ! s'écria-t-elle d'une voix chargée de reproche. Qu'est-ce que tu fabriques ? Tu n'es même pas prête ! Dépêche-toi d'enfiler ta robe ! Les taureaux ne nous attendront pas !

Maria et Pepa marchaient d'un bon pas vers la Plaza Mayor, où se tenait la course de taureaux. Malgré l'exercice physique, elles avaient froid. Le vent glacé s'engouffrait sous leurs châles, leur mordait les joues et leur piquait les doigts. Les rues étaient noires de monde, et la chaussée encombrée de carrosses tirés par des mules harnachées pour la fête. Des filles aux lèvres rouges et brillantes, des garçons bien coiffés s'agglutinaient sur les carrioles en grappes joyeuses et bruyantes.

Enfin, les deux amies arrivèrent à destination. La Plaza Mayor, immense, bordée de hautes maisons, était envahie par la foule. Pepa prit Maria par la main pour ne pas la perdre. Il y avait des gens partout : aux balcons, aux fenêtres, sur les gradins dressés pour l'occasion, et même sur les toits.

– Les riches sont sur les balcons. C'est de là qu'on a la meilleure vue, expliqua Pepa.

Maria remarqua les draperies rouge, bleu, vert et jaune, brodées d'écussons, tendues sur les balustrades. Au premier étage d'une des maisons, elle admira un balcon doré, surmonté d'un dais [1] brillant.

– C'est la loge réservée au roi et à la reine ! commenta Pepa. Ils ne devraient pas tarder à arriver.

Puis, tirant Maria par la manche, elle ajouta :

– Suis-moi ! Pour nous les femmes, c'est par là.

Elle l'entraîna vers la partie droite des gradins et trouva deux places assises parmi les spectatrices.

– On a de la chance ! s'écria-t-elle. Une fois j'ai dû rester debout pendant toute la course !

Maria découvrit l'arène encore déserte, recouverte de sable jaune. Une barrière circulaire haute d'environ six pieds et peinte en rouge courait tout

---

1. Un dais est une pièce de tissu que l'on étend comme un plafond au-dessus d'un personnage important.

autour, doublée d'une autre palissade, encore plus élevée. Entre les deux, il y avait une sorte de couloir, percé de quatre portes.

Pepa désigna l'une d'entre elles :

– Le taureau entrera par là !

La fanfare battit tambour, tandis qu'un homme vêtu d'une courte cape noire, coiffé d'un chapeau à plumes multicolores et portant une dague et une épée entrait dans l'arène. D'un pas militaire, il s'avança sous le balcon royal. La foule se leva et hurla : « Vive le roi ! Vive la reine ! »

Le couple royal apparut. Hissée sur la pointe des pieds, Maria tendit le cou pour les apercevoir ; en vain.

L'homme à la cape se courba, fit une révérence, puis se retira. Les cris et les bravos cessèrent comme par magie. La porte s'ouvrit, et le taureau se précipita dans l'arène. C'était un véritable colosse ! Son poil brun, presque noir, luisait sous le soleil de décembre. Son large mufle aux énormes narines fumait ; ses longues cornes impressionnaient la foule, qui retenait son souffle.

L'animal renifla l'air chargé d'odeurs humaines et frappa le sol de son sabot. Un enfant, assis devant Maria, s'agita :

– Maman ! Est-ce qu'il va défoncer les barrières et monter sur les gradins ?

La mère passa un bras rassurant autour de ses épaules.

Un cavalier armé d'un javelot entra dans l'arène. Sa veste brodée d'or étincelait. Maria fut frappée par la beauté de sa monture : un splendide cheval bai à la queue tressée. Il était couvert d'un caparaçon bleu et portait sur les yeux un bandeau noir.

– Mais il ne voit rien ! s'exclama-t-elle.

– C'est pour qu'il n'ait pas peur du taureau, lui expliqua Pepa.

Tout à coup, le colosse chargea le cavalier. Celui-ci lança son cheval vers le monstre, pointant son javelot, une courte tige de bois terminée par une pointe en fer.

Le choc, violent, arracha un cri à la foule. L'extrémité du pieu resta plantée dans l'encolure du taureau, qui secoua la tête pour s'en débarrasser, sans succès. Maria regarda le sang rouge couler sur son poil sombre. Elle avait mal pour lui.

Un deuxième cavalier, monté sur un petit cheval noir en caparaçon rouge, entra à son tour dans l'arène. Le taureau se tourna dans sa direction et fonça sur lui. Cette fois, la bête évita la pointe acérée du javelot et heurta le flanc du cheval, qui vacilla, puis retrouva son équilibre. Maria saisit le bras de Pepa :

– Je n'aime pas ça !

– Ça ne fait que commencer, les picadors arrivent ! s'écria Pepa.

Deux hommes, serrés dans leurs culottes de satin jaune, sautèrent dans l'arène et secouèrent leurs capes rouges. Le taureau, énervé, se rua sur eux. Au passage, un troisième jeune homme, en veste verte brodée d'argent, lui planta deux piques décorées de bandes de papier dans l'encolure.

Harcelé de toutes parts, le taureau tournait sur lui-même. Deux autres pointes le piquèrent par surprise. Il fit volte-face, mais son assaillant avait déjà sauté par-dessus la balustrade. Le taureau heurta lourdement le bois. La foule hurla ; toutefois le monstre était à peine étourdi.

Il pivota et se précipita sur le petit cheval noir. Cette fois, ses cornes pointues s'enfoncèrent profondément dans le poitrail du cheval. Sous le choc, celui-ci chancela et s'écroula. Le cavalier descendit précipitamment et se mit à l'abri. Maria vit avec tristesse et dégoût les entrailles jaillir de la poitrine du petit cheval, l'écume blanche sortir de ses naseaux écartés. Il releva péniblement la tête avant de la laisser tomber, vaincu.

Quatre hommes, le dos large et les bras musclés, entrèrent au pas de course sur la piste. Chacun d'eux s'empara d'une jambe de l'animal et, tous ensemble, ils traînèrent le cadavre sur le sable jaune.

Maria fixa le dos du garçonnet assis devant elle et ne le quitta plus des yeux. Elle ne voulait plus regarder. Plus tard, aux cris enthousiastes de la foule elle devina que le taureau était mort, lui aussi, exécuté à coups d'épée par le cavalier.

– C'est beau, hein ? s'exclama Pepa.

Maria dit qu'elle désirait s'en aller. Son amie se fâcha :

– Toi, alors ! Tu n'aimes rien comme les autres !

Sans répondre, Maria se leva et se faufila vers la sortie. Pepa haussa les épaules et la suivit. Elles se retrouvèrent dans la rue.

– Je suis désolée, s'excusa Maria. Je dois rentrer...

– Mais pourquoi ? C'est férié, aujourd'hui ! Tu n'as pas besoin de travailler.

Maria répéta qu'elle devait rentrer. Elle ne le dit pas, mais elle avait l'intention de dessiner le petit cheval noir en habit rouge pendant qu'elle s'en souvenait encore. Pas sa dépouille, traînée dans le sable jaune : le cheval vivant.

Pepa la prit par le bras :

– Laisse-moi au moins t'offrir un bol de soupe à l'oignon ! Calle Atocha, il y en a toujours une grande marmite fumante qui mijote sur un brasero.

C'est une petite vieille qui la vend pour pas cher... Allez, viens, Maria ! Je meurs de faim. Pas toi ?

Maria accepta pour faire plaisir à Pepa. La jeune femme était si gentille avec elle !

11

Maria trouva la maison de la calle Cantarranas plongée dans le silence. Les peintres étaient sortis. Sans doute étaient-ils encore à la course de taureaux. La jeune fille monta dans sa chambre et récupéra le stylet de plomb et la feuille cachés sous son matelas. Le papier bleu était couvert d'esquisses de la chatte, et elle dut le retourner pour croquer le petit cheval noir. Avec émotion, elle le représenta debout, encore vaillant, avant son sacrifice. Dessiner la soulagea. Ainsi, grâce à elle, la petite victime existerait toujours...

Son travail terminé, elle descendit à l'atelier et remit la mine en place, comme elle se l'était promis. C'est au moment de partir qu'elle découvrit Baltasar, campé au fond de la pièce sur ses jambes écartées.

Il avait les yeux brillants. Maria eut l'impression qu'il avait bu.

– Qu'est-ce que tu fais là ? aboya-t-il.

– Rien !

– Rien ? Et c'est quoi, alors, ce stylet que tu as laissé sur la table ?

– Ce quoi ?

– Cette mine de plomb, là... Ça te dit quelque chose ? Allez, fais pas l'innocente ! T'as voulu la voler, mais t'as changé d'avis, hein ? C'est pour ça que tu traînes à l'atelier ! T'es une voleuse. Je vais le dire au maître.

– Je ne l'ai pas volé, je l'ai emprunté.

– Si tu crois que je vais avaler tes histoires ! Je vais le dire et tu seras renvoyée.

– Non ! Ne fais pas ça !

– Et pourquoi donc ? lâcha Baltasar en s'approchant.

– Je ne suis pas une voleuse.

– Alors, écoute, petite menteuse : je vais te proposer un marché...

Baltasar tendit le bras vers le visage de Maria. Sa main glissa le long du cou de la jeune fille, qui recula, effrayée.

– Le marché, c'est mon silence contre un portrait de toi. Tu poses pour moi, et je ne dis rien. Il faudrait juste que tu ouvres ta robe, tu vois, comme ça...

D'un geste brusque, le garçon écarta le col de la robe rose, déchirant le tissu et dévoilant les seins blancs. L'espace de quelques secondes, Maria resta pétrifiée, muette d'horreur. C'était pire que s'il l'avait frappée. Puis, croisant les bras sur sa poitrine, elle s'enfuit en courant.

En un instant, la jeune fille fut dans sa chambre. Son cœur cognait à lui faire mal. Elle s'assit sur le lit et éclata en sanglots. C'était sa faute : elle n'aurait jamais dû voler ce stylet.

Combien de temps resta-t-elle prostrée ? La nuit commençait à tomber lorsque des pas résonnèrent dans l'escalier. On frappa des coups légers à la porte.

– C'est moi, Angel !

Maria essuya précipitamment ses larmes avec sa manche. Si l'apprenti la voyait ainsi, il voudrait connaître la raison de ses pleurs. Elle décida de ne pas répondre. Angel la croirait absente, et il s'en irait. Mais le garçon insista :

– Maria ? Tu es là ? J'ai croisé Pepa dans la rue. Elle m'a dit que tu étais rentrée. Tu m'ouvres ?

Comme elle se taisait toujours, Angel tourna la poignée de la porte, qui s'ouvrit. Maria essaya tant bien que mal de dissimuler sa robe déchirée ; cependant l'apprenti devina que quelque chose n'allait pas.

– Maria ! Que se passe-t-il ? demanda-t-il, l'air inquiet.

La jeune fille secoua la tête, incapable de parler. Comment raconter ce qui s'était passé ? D'ailleurs, elle se sentait coupable. Si elle n'avait pas volé le stylet, rien ne serait arrivé.

– Ce n'est pas grave, fit-elle en s'efforçant de sourire.

– Je ne te crois pas. Ta robe est déchirée ?

– Un accroc de rien du tout, je vais le réparer...

Angel fit semblant de se satisfaire de cette explication. Il s'assit sur la chaise à côté du lit. Maria était rassurée qu'il soit là, finalement. Baltasar n'oserait pas l'approcher en sa présence. Elle lui demanda ce qu'il avait fait de sa journée de congé.

– Je suis allé chez mes parents. Ils habitent tout près. Mon père a une boutique. Il est orfèvre.

– Ah oui ? Et pourquoi n'es-tu pas resté chez lui pour apprendre le métier ?

– On est trop nombreux, à la maison. J'ai déjà trois frères qui travaillent là-bas. L'aîné reprendra l'atelier. Alors, papa m'a placé chez maître Pacheco pour que j'apprenne la peinture. Je ne le regrette pas, le maître est un des meilleurs peintres du quartier. Il sait tout représenter, les gens, les fleurs, le ciel...

Maria approuva. Elle lui raconta sa méprise le

jour où elle avait voulu chasser la mouche peinte sur le tableau.

– Moi aussi, je m'y suis laissé prendre, avoua Angel, amusé.

– Il faut du temps pour devenir peintre ? voulut-elle savoir.

– Bien sûr ! Des années !

– Que doit-on faire ?

– Au début, on est apprenti comme moi. Le maître nous enseigne comment fabriquer les pinceaux, broyer les couleurs, préparer les vernis, les toiles, les panneaux de bois... Après, on étudie le dessin et les différentes techniques pour appliquer les couleurs sur la toile. Puis on commence un peu à peindre. Au bout de quatre ans, on passe compagnon, et on apprend alors à réaliser toutes sortes de peintures : des portraits, des paysages, des tableaux d'histoire... Il faut savoir tout représenter. Ensuite, si le maître t'en juge capable, tu deviens maître à ton tour, et tu ouvres ton propre atelier.

– Y a-t-il des filles qui deviennent peintres ?

Angel pouffa :

– Ben non ! Bien sûr que non ! Ce n'est pas un métier pour les femmes !

Le visage de Maria s'assombrit :

– Tu veux dire qu'il n'y a pas de filles qui peignent ? Jamais ?

– Oh, peut-être ! Les riches, pour s'amuser, comme la fille Mentero y Sevilla.

– C'est qui ?

– Une bourgeoise de la calle de Olivos. Ses parents nous ont commandé un tableau pour leur salle à manger. La mère a posé avec tous ses bijoux et son cochon de lait dans les bras ! La bestiole avait des rubans roses autour du cou, tu imagines ! Baltasar est allé chez eux pour faire les études du tableau. C'est lui qui m'a parlé de la fille. Il paraît qu'elle peint des paysages, la campagne, des choses comme ça. C'est sûrement pas très bon.

Le cœur de Maria se serra. Elle qui n'était pas riche, elle qui n'était que la bonne de don José, aurait-elle tout de même une chance ?

– Tu me montreras comment on broie les couleurs ?

Angel sourit :

– Tu t'intéresses à la peinture ?

Maria hocha la tête.

– Tu sais, tu ne pourras pas être peintre. T'es une fille, tu comprends ? Il n'y a jamais de fille apprenti...

– Quand même, tu veux bien ?

– Quoi ?

– Me dire comment on fabrique les couleurs...

– Si tu veux ! Mais à quoi ça va te servir ?

Maria n'avait pas de réponse. Tout ce qu'elle savait, c'est qu'elle en avait très envie.

12

Il faisait encore nuit lorsque Angel et Maria se glissèrent dans l'atelier désert. Don José était absent de Madrid et ne devrait rentrer que le lendemain. Quant à Juan et Baltasar, ils ne descendraient qu'au matin. L'apprenti et sa nouvelle élève avaient une bonne heure devant eux.

– N'allume qu'une seule lanterne, lui recommanda-t-il. Même s'ils dorment encore, soyons prudents. Il ne faut pas qu'on puisse voir la lumière sous la porte. Et, au moindre bruit, on arrête tout et on va se cacher dans la cour !

Maria acquiesça. Angel s'approcha d'un placard.

– Viens par ici, que je te montre, chuchota-t-il. C'est là qu'on range les ingrédients.

Plusieurs bocaux s'alignaient sur des étagères.

– Celui-là contient une terre de montagne : c'est pour fabriquer de l'ocre. Là, ce sont des os calcinés et des noyaux de pêche brûlés, pour le noir. Et voici des prunes sauvages. On les presse pour obtenir un vert sombre. Et là, dans ce bocal, il y a des insectes...

– Des insectes ?

– Des cochenilles séchées. Quand on les broie, on obtient un rouge carmin. Et là encore, ce sont des racines de garance. Tu connais cette plante ?

Maria fit signe que non. L'apprenti ouvrit le bocal et versa quelques morceaux dans sa paume. Les racines étaient d'un marron terne.

– Regarde... C'est magique !

Angel déposa les fragments sur une petite table, dont le centre était légèrement creusé, et les arrosa d'eau claire prélevée dans un pichet. Puis, à l'aide d'une pierre taillée en forme d'œuf, il commença à les broyer. Ils se transformèrent peu à peu en une poudre d'un rouge intense, que Maria observa bouche bée. L'apprenti sourit, amusé de son étonnement. Il fit ensuite glisser la poussière rouge dans un récipient, puis disposa de nouveaux morceaux de racine sur l'établi.

– À ton tour !

La jeune fille essaya d'imiter ses gestes, mais la pierre était plus difficile à manier qu'elle ne l'avait pensé.

– Attends ! Utilise la force de ton bras, pas seulement celle de ta main... Décris des huit avec ton poignet.

Maria suivit ses conseils.

– Parfait ! approuva enfin Angel. Maintenant, fais bien attention !

Il prit une fiole sur une étagère et versa quelques gouttes de liquide sur la poudre.

– C'est du liant : huile de lin, térébenthine et sels cuits au bain-marie, expliqua-t-il.

– Du sel ? Comme pour la cuisine ?

Le garçon sourit :

– Pas vraiment ! Ces sels-là sont fabriqués à partir d'excréments humains brûlés ! C'est une vieille recette mise au point par les peintres italiens il y a une centaine d'années. Ils aident la peinture à sécher.

– Et le liant, il en faut combien de gouttes ?

– C'est une question de coup de main, lui confia-t-il. Si tu en mets trop, la peinture sera molle. Si tu en mets trop peu, elle sera lourde.

À présent, les premières lueurs du jour filtraient par la porte de la cour. Il était temps de finir la leçon.

Angel se pencha vers Maria, effleurant ses cheveux :

– N'oublie pas, c'est notre secret ! Les autres ne doivent pas savoir. Ils ne comprendraient pas.

– Quand recommence-t-on ?

– Bientôt ! chuchota l'apprenti en souriant.

13

Depuis plus d'un mois, Angel apprenait à Maria ce qu'il savait sur les couleurs, les toiles, les enduits, la manière de construire un châssis. Ils se retrouvaient plusieurs fois par semaine, le matin très tôt ou les jours fériés, dans l'atelier vide. Angel tenait à garder leurs rencontres secrètes, n'étant pas certain que le maître apprécie de le voir jouer au professeur avec une fille. En outre, il craignait que Juan et Baltasar ne se moquent de lui.

Au mois de février, cependant, un incident se produisit. Alors que l'élève et son « maître » se croyaient seuls dans la maison de la calle Cantarranas, ils entendirent des bruits de pas. Quelqu'un marchait dans le couloir et s'apprêtait à pénétrer dans l'atelier ! Maria, qui était occupée à tendre une toile sur un châssis, se précipita sous la grande table. Baltasar entra une fraction de seconde plus tard.

– Qu'est-ce que tu fiches ici ? s'écria-t-il en apercevant Angel.

– Je termine un travail, mentit ce dernier. J'ai presque...

– A-a-atchi !

L'éternuement sonore de Maria empêcha l'apprenti de finir sa phrase. Surpris, Baltasar se baissa et croisa le regard affolé de la jeune fille. Il éclata d'un grand rire et sortit sans un mot.

Lorsque Maria quitta sa cachette, elle était dans tous ses états. Baltasar allait les dénoncer au maître. Angel serait sûrement renvoyé, et elle aussi !

– Je ne crois pas, la rassura Angel. Il doit juste penser qu'on est... enfin, tu vois...

Maria comprit tout à coup : Baltasar avait dû imaginer qu'ils étaient venus à l'atelier pour s'embrasser... Elle était affreusement gênée, mais elle préférait encore cela.

Quelques jours plus tard, José Pacheco fit une remarque à Angel. Le garçon broyait mollement un pigment jaune. Ses gestes étaient lents et peu efficaces ; il n'était guère concentré sur son travail.

– Du nerf, Angel ! Qu'est-ce qui t'arrive ? le réprimanda le maître.

La nuit précédente, l'apprenti avait veillé tard en compagnie de Maria pour lui parler de différents pinceaux et de la manière de les fabriquer. Ensuite, il avait eu du mal à s'endormir. Dès qu'il fermait les yeux, le visage attentif de Maria surgissait sous ses paupières...

José Pacheco lui donna une petite tape sur l'épaule :

– Alors, combien de temps va-t-on devoir l'attendre, ce jaune ? Juan en a besoin pour son paysage.

Baltasar, qui reproduisait un buste de plâtre, ricana :

– Il est amoureux !

Angel rougit violemment.

– Qu'est-ce que tu racontes ! s'exclama-t-il, furieux.

Baltasar se pencha vers lui, un sourire égrillard au coin des lèvres :

– La petite bonne ! Avoue que vous fricotez ensemble ! Ne dis pas le contraire, je vous ai vus dans l'atelier.

– Fiche-moi la paix, Baltasar ! s'emporta Angel en le repoussant.

José Pacheco s'interposa, mécontent :

– Suffit ! Arrêtez de vous chamailler ! Ce n'est pas le moment. Quand tu auras fini avec ton jaune, Angel, tu iras chez les Mentero y Sevilla. Ils t'attendent. Tu dessineras leurs chandeliers. Si tu t'en sors bien, c'est toi qui les peindras sur la toile. Mais tu as intérêt à te réveiller !

Le jeune garçon se dépêcha de mélanger le liant et la poudre jaune. La dispute avec Baltasar et les paroles de don José l'avaient sorti de sa léthargie. Ainsi, il allait participer au nouveau portrait commandé par les Mentero y Sevilla ! Les riches époux avaient décidé de poser face à face devant la table de leur salle à manger, où trôneraient leurs somptueux chandeliers.

– Toi, Baltasar, tu te chargeras de la lumière, reprit le maître. En jouant avec la lueur des bougies, tu pourras nous faire un beau clair-obscur [1]. Mais nous en reparlerons. Ce n'est pas pour tout de suite. Maintenant, j'ai rendez-vous ; je compte sur vous pour avancer le travail. Nous sommes en retard, et vous savez bien que les clients n'aiment pas attendre.

José Pacheco quitta l'atelier. Juan s'approcha des apprentis en mâchonnant le bout de sa pipe.

– C'est quoi, cette histoire ? lança-t-il.

– Une nouvelle commande des bourgeois de la calle de Olivos, expliqua Baltasar. La señorita au cochon de lait, tu t'en souviens ?

1. Technique qui donne l'illusion du relief aux figures et aux objets. On joue des passages de la lumière à l'ombre pour modeler les formes.

Juan fit signe que oui :

– Je sais, c'est moi qui l'ai peinte... Le clair-obscur, c'est pas le boulot d'un apprenti, ça !

– Faut croire que le maître pense que j'en suis capable, rétorqua Baltasar sur un ton de défi.

Juan tapota le culot de sa pipe contre sa paume :

– Ne crie pas victoire trop tôt !

14

Voilà près de trois heures qu'Angel s'acharnait sur les bougeoirs, dans un bureau de l'immense et luxueuse demeure des époux Mentero y Sevilla. Les deux chandeliers étaient si tarabiscotés qu'il n'arrivait pas à reproduire convenablement les motifs de leurs sculptures.

– Maudits bougeoirs ! s'écria-t-il en déchirant sa feuille pour la sixième fois.

La nuit tombait déjà. Bientôt, il n'y verrait plus assez clair pour dessiner : la lueur des chandelles ne valait rien pour ce genre de travail. Il songea à emporter l'un des deux chandeliers à l'atelier, afin de continuer sa tâche le lendemain matin, dès le lever du jour. Mais il devait en obtenir la permission. Il appela le domestique et demanda à rencontrer son maître. Celui-ci était absent, tout comme son épouse. Seule leur fille était là.

Le domestique conduisit Angel dans le salon où Lourdes Mentero y Sevilla bavardait avec des amies. Bien qu'intimidé par le luxe du lieu et la présence de toutes ces jeunes filles, Angel lui présenta sa requête.

Lourdes Mentero y Sevilla écarquilla ses grands yeux marron. Elle ne savait pas de quel chandelier il parlait ; d'ailleurs cela lui était bien égal. Elle donna distraitement son accord et congédia le visiteur. Derrière la porte close, Angel entendit des gloussements. Manifestement, la petite assemblée avait trouvé très distrayante la visite du jeune peintre, et s'était bien amusée de le voir tordre son chapeau d'un air gêné.

Le domestique, qui avait assisté à l'entrevue, raccompagna l'apprenti à la porte. Il était fâché et inquiet : sa jeune maîtresse n'était qu'une petite écervelée, qui ne se rendait pas compte de ce qu'elle faisait. Un chandelier en argent massif ! Le señor Mentero y Sevilla serait sûrement en colère contre sa fille, peut-être aussi contre lui, son serviteur. Mais qu'y pouvait-il ?

Angel rentra à l'atelier par le chemin le plus court. Lui non plus n'avait pas conscience d'emprunter un objet de si grande valeur.

Lorsqu'il arriva calle Cantarranas, il faisait nuit noire. Les peintres avaient déjà quitté l'atelier. Angel enferma le chandelier dans le coffre réservé aux objets précieux, dont il dissimula la clef sous une lame du parquet. Puis il monta se coucher, l'esprit en paix. N'était-il pas le seul à connaître cette cachette ? Demain à l'aube, il reprendrait le bougeoir et continuerait à le dessiner. Il faudrait qu'il prévienne Maria qu'il ne serait pas libre pour la leçon qu'il avait prévu de lui donner.

Le jour n'était pas encore levé quand Angel frappa doucement à la porte de Maria. Deux coups lents, trois coups rapides, c'était leur code. La jeune fille, curieusement, ne répondit pas. Angel frappa encore, sur le même rythme, et tourna la poignée. Dans la quasi-obscurité, il devina son corps recroquevillé sous les couvertures. Il chuchota :

– Maria ! Je ne suis pas libre ce matin.

Elle gémit et se retourna vers le mur. La veille, Angel avait remarqué de profonds cernes sous ses yeux. Maria était comme lui, épuisée par le manque de sommeil. C'était mieux, finalement, qu'elle puisse dormir un peu plus longtemps.

L'apprenti referma la porte et descendit à l'atelier. Il ouvrit le coffre et sentit aussitôt son sang se glacer dans ses veines. Le chandelier n'était plus là ! Angel regarda tout autour, fouilla la salle de fond en comble... Il dut se rendre à l'évidence : le précieux bougeoir des Mentero y Sevilla avait disparu ! Quelqu'un l'avait pris... volé, sans doute !

Accablé, Angel se laissa tomber sur le plancher et se prit la tête dans les mains. Il resta ainsi sans bouger pendant un long moment, imaginant les conséquences désastreuses de son acte, à commencer par la colère de don José.

C'est dans cette position que le maître le trouva.

– Que fais-tu assis par terre ? l'interrogea-t-il.

Le garçon se redressa :

– Maître, il est arrivé malheur !

Il raconta tout en détail. Le bleu des prunelles du maître s'assombrit :

– Quelle folie ! Jamais tu n'aurais dû emprunter ce chandelier !

Le dos de l'apprenti se voûta.

– Va chercher les autres ! ordonna José Pacheco.

Angel s'exécuta.

Juan et Baltasar étaient dans la cuisine, le premier occupé à manger sa soupe, le second sa bouillie, qu'il enfournait avec une évidente mauvaise humeur. Il l'avait préparée seul, car Maria n'était pas descendue.

– Suivez-moi à l'atelier, le maître veut vous parler !

José Pacheco résuma les faits et exigea une réponse. Qui avait pris le chandelier dans le coffre ? Baltasar, le front plissé, serrait les poings dans ses poches tandis que Juan tapotait distraitement le culot de sa pipe éteinte contre sa paume.

– Je répète ma question : qui ?

– Un voleur ! Moi, j'en connais un ici, lâcha Juan en fixant Baltasar.

Baltasar bondit, et son poing percuta le menton de Juan. Le compagnon vacilla et porta la main à sa mâchoire. Le coup, lancé avec force, lui avait fait mal.

– Voleur et violent ! cracha-t-il, furieux.

José Pacheco tonna à son tour :

– Baltasar ! Qu'est-ce qui te prend ?

Le garçon s'approcha du maître, si près que don José sentit la chaleur qui se dégageait de son corps :

– Ce n'est pas moi ! J'ai changé, vous devriez le savoir.

– Je ne t'accuse pas, fit le peintre. Il est possible que ce soit un visiteur...

Il s'adressa à Angel :

– Avais-tu gardé la clef du coffre sur toi ?

– Non, maître, je l'avais cachée sous une lame de parquet.

– Tu es sûr que personne ne t'a vu ?

– Je croyais être seul...

– Tu croyais, mais tu n'en es pas certain.

Angel acquiesça d'un signe de tête :

– Je l'ai dissimulée vite, mais on m'observait peut-être.

José Pacheco fit glisser son pouce sur sa joue. Il pensait à Maria. Pourquoi n'était-elle pas venue ranger l'atelier, comme tous les matins ? Et si c'était elle, la coupable ?

– Où est la bonne ? s'écria-t-il.

Angel se redressa brusquement. Mais oui : pourquoi Maria n'était-elle pas là ?

– Je vais la chercher !

Il courut à l'étage, frappa à la porte de son amie et entra. Maria était allongée sur le sol, les yeux grands ouverts. Son visage livide était couvert de sueur.

Affolé, Angel la transporta sur son lit. Elle était brûlante de fièvre. Tout en lui épongeant le front, il prononça son prénom à plusieurs reprises, sans obtenir de réponse. La jeune fille se contentait de le regarder d'un œil vague, comme si elle ne le reconnaissait pas. Pris de panique, l'apprenti dévala les escaliers en hurlant :

– Maria est malade !

– Va chercher le docteur Lopez ! ordonna José Pacheco. Et que personne ne monte la voir, c'est peut-être contagieux.

15

Le docteur Lopez gravit péniblement l'escalier étroit qui montait à la chambre de Maria. Angel l'avait suivi, malgré l'interdiction de José Pacheco. Pepa, arrivée entre-temps, leur avait emboîté le pas.

Le médecin, tout essoufflé, retira son chapeau noir et le posa avec sa sacoche de cuir sur la commode. Puis il s'approcha de la malade et lui prit le pouls, qu'il jugea faible. Appliquant son oreille sur la poitrine de la jeune fille, il écouta brièvement le cœur avant de se déplacer au-dessus de ses poumons. Lorsqu'il se redressa, son visage sombre inquiéta Angel et Pepa, mais aucun des deux n'osa le questionner.

Le docteur farfouilla dans sa sacoche et en extirpa une petite bourse en peau de vache :

– Faites-lui avaler une cuillerée de cette poudre trois fois par jour, diluée dans une tasse d'eau chaude.

Pepa s'empara du remède :

– Comptez sur moi, docteur !

– Et mettez-lui un linge mouillé sur le front pour faire tomber la température, recommanda le médecin en refermant son sac. Je repasserai demain.

– Je descends avec vous, fit Pepa. Je vais lui préparer un bouillon.

Resté seul avec Maria, Angel posa sa main fraîche sur le front brûlant de la malade. Sa paume devint bientôt aussi chaude que le visage de la jeune fille, et il changea de main. Lorsque Pepa revint avec son bol de bouillon, il était toujours dans la même position. La jeune femme le gronda gentiment :

– Pousse-toi de là, c'est pas de ta main qu'elle a besoin ! Va plutôt chercher des linges mouillés, comme l'a dit le docteur ! Tu fais un sacré garde-malade, toi !

José Pacheco arpentait l'atelier, tournant autour de Juan et de Baltasar. Le bout ferré de ses bottes martelait le sol. Le chandelier disparu ou volé, Maria malade... quelle guigne ! Il n'avait pas besoin de ces soucis. Il fit signe à Juan :

– Tu vas fouiller la maison de fond en comble ! Le

bougeoir est forcément caché quelque part. Angel aura eu un trou de mémoire...

Le compagnon mordilla l'extrémité de sa pipe :

– C'est le travail de la police.

– Réglons ça entre nous ! Si la police s'en mêle, toute la ville sera au courant. Imagine ce que penseront nos clients...

Juan tira une longue bouffée, puis haussa les épaules et se dirigea d'un pas traînant vers la cuisine. Ouvrant chaque placard, il retourna marmites et casseroles. Ce fut vite expédié ; le chandelier n'y était pas.

Le compagnon monta alors à l'étage et poussa sans vergogne la porte de Maria. Le maître ne lui avait-il pas ordonné de tout fouiller ? À son souffle régulier, Juan devina que la jeune fille dormait. La chatte était assise sur l'oreiller, tout contre le visage de sa maîtresse. Les yeux jaunes de l'animal se posèrent sur le compagnon.

– Tu montes la garde ? fit-il, et il tendit la main dans sa direction, comme pour la caresser.

Le félin esquiva son geste, détournant ostensiblement la tête. Maria remua dans son sommeil. Le compagnon mit son index sur ses lèvres :

– Ne réveille donc pas ta maîtresse !

Il ouvrit les tiroirs de la commode les uns après les autres, tripotant leur maigre contenu :

– Décevant ! La bonniche n'a vraiment rien à se mettre sur le dos.

Sous un jupon, il dénicha l'image pieuse, qu'il prit entre ses doigts avec dégoût :

– Jésus et ses angelots ! Pouah !

Il la remit en place, puis gagna le lit et glissa ses mains sous le matelas. La chatte dressa les oreilles, méfiante. Soudain, Juan sentit quelque chose. Cela ressemblait à une feuille.

– Ah, ah ! Un petit mot d'amour du gentil Angel ?

Le papier était le même que ceux qu'on utilisait à l'atelier. Il l'approcha de la lucarne et l'examina à la lumière. Une chatte, la chatte de la bonne, courait sur le papier. Elle faisait des bonds, ouvrait la gueule en grand, tendait la patte. Un cheval aussi, habillé comme pour un jour de fête, les yeux bandés, cabré sur le sable. Il ressemblait étrangement à celui de la dernière course de taureaux.

La main de Juan se crispa sur la feuille. Il y avait là des maladresses, des erreurs, mais un sens de l'observation sidérant. Chaque figure semblait en mouvement.

« Qui a fait ça ? Angel ? Incapable ! Baltasar ? Oui, sans doute Baltasar ! Je n'aurais quand même pas cru qu'il en était là ! Mais pourquoi cette feuille est-elle sous le matelas de Maria ? Un petit cadeau en échange d'un baiser, peut-être ? Alors, la bonne fricote non seulement avec Angel, mais aussi avec

Baltasar ! Elle ne s'embête pas, celle-là, sous ses airs de sainte nitouche... »

Juan commençait à étouffer dans cette chambre de malade. Il souleva le battant de la petite fenêtre. L'air glacial le surprit, et il le lâcha brusquement. Le bruit fit sursauter Maria, qui ouvrit à demi les yeux, mais elle était si faible qu'elle les referma immédiatement. Le compagnon se demanda si elle l'avait reconnu. Il glissa le dessin sous son pourpoint et quitta précipitamment les lieux.

Dans la chambre des apprentis, Juan déplaça bruyamment les lits, ouvrit les coffres, souleva les tapis, l'esprit ailleurs. Le maître avait dû entendre le remue-ménage depuis l'atelier. Jugeant qu'il en avait assez fait, il redescendit.

En bas, José Pacheco attendait son compagnon avec impatience. Juan s'avança.

– Rien trouvé, lâcha-t-il.

Le peintre soupira, accablé. Que dirait-il au señor Mentero y Sevilla ? Il devrait sans doute lui rembourser son chandelier, qui coûtait probablement une véritable fortune. Jamais il n'aurait de quoi le payer. Et, surtout, il perdrait un client, c'était certain, et pas n'importe lequel ! Peut-être même plusieurs, car l'homme avait de nombreuses relations dans la haute société de Madrid.

16

Angel passait presque tout son temps au chevet de Maria et, lorsqu'elle le pouvait, Pepa venait le relayer. La fièvre ne quittait pas la malade, qui ne cessait de frissonner et transpirait. Par moments, elle délirait, tant sa température montait.

Pepa s'inquiétait de la voir maigrir et la forçait à ingurgiter à la cuiller les bouillons qu'elle cuisinait chaque jour pour elle. Mais Maria vomissait tout ce qu'on lui donnait.

Le docteur Lopez était repassé une fois et avait recommandé de continuer à lui administrer son remède. Angel s'en chargeait. Il délayait la poudre dans un peu d'eau chaude et l'obligeait à l'avaler. Puis il s'asseyait sur la chaise à côté du lit et racontait ses projets à Maria :

– Un jour, j'irai en Italie, à Rome, voir les fresques de Michelangelo dans la chapelle Sixtine. Je passerai peut-être aussi par Florence et Pise...

La plupart du temps, Maria était trop faible pour lui répondre. Quelquefois, elle ne l'entendait même pas, et il n'était pas certain qu'elle le reconnaisse. Ses yeux restaient comme vides, indifférents. La gorge d'Angel se serrait alors d'inquiétude.

À l'atelier, on parlait toujours du chandelier. Il y avait un voleur parmi les peintres, et l'on ne savait pas qui c'était. Juan avait recommencé à accuser Baltasar, qui à son tour avait accusé Maria. Angel avait pris sa défense. Cependant, personne n'avait de preuve pour accuser qui que ce soit.

Sans Maria, on mangeait mal. Ana, la tante de Pepa, avait pris la relève, mais personne ne l'aimait. C'était une piètre cuisinière et elle sentait mauvais : une odeur d'éponge mal rincée lui collait au corps et aux vêtements.

– Pas étonnant que son mari soit mort ! plaisantait méchamment Baltasar.

Âgée de quarante ans, Ana était veuve depuis trois ans et venait tout juste de quitter la chambre tendue de noir où la famille de son défunt époux l'avait tenue enfermée, comme le voulait l'usage. Durant ces années, elle avait perdu la moitié de ses cheveux, et ceux qui lui restaient étaient devenus blancs. Cependant, elle avait acquis avec cette tragédie une certaine résistance au malheur. « Rien de pire ne peut m'arriver », disait-elle à qui voulait l'entendre.

Les quolibets et la mauvaise humeur des peintres glissaient sur elle comme la pluie sur les plumes d'un martinet.

17

Dix jours plus tard, Maria se réveilla le regard clair. Pepa la trouva au matin assise dans son lit, jouant avec la chatte.

– Je vais mieux ! annonça-t-elle.

Pepa posa une main sur le front de son amie.

– Tu vois, je ne suis plus chaude !

– Tu as raison, la fièvre est tombée ! Mais reste tout de même tranquille, décréta Pepa, prudente.

Le soir, la température de Maria n'était pas remontée. Pepa et Angel, près d'elle, lui souriaient.

– Vous m'avez sauvée ! fit Maria d'une voix encore faible.

Tous les trois se mirent à rire en se tenant les mains, soulagés.

– Garde le lit quelques jours de plus, lui recommanda Pepa.

– Mais on doit avoir besoin de moi, en bas, protesta la convalescente.

– Ne t'inquiète pas, Tante Ana est là.

Maria parut rassurée et promit d'obéir.

En descendant les escaliers, Angel songea qu'il n'avait toujours pas parlé à son amie du chandelier volé, ni de l'accusation qui pesait sur Baltasar. Il ne la jugeait pas assez vaillante pour le supporter. Il préférait aussi qu'elle ignore la visite du señor Mentero y Sevilla, venu réclamer l'objet. Apprenant la disparition de son bougeoir, il avait houspillé Angel, le menaçant de prévenir la police. Finalement, don José avait réussi à le calmer en lui promettant de le rembourser.

Le lendemain de la guérison de Maria, un événement inattendu troubla la tranquillité de l'atelier. Juan arriva en courant et s'écria, hors d'haleine :

– Je l'ai retrouvé ! J'ai retrouvé le chandelier ! Il est chez Melchor, le receleur de la calle Jésus.

Angel, Baltasar et don José le regardèrent avec stupéfaction.

– Tu es sûr ? s'exclama le maître.

– Pardi ! Puisque je vous le dis !

José Pacheco passa la main dans ses cheveux tout en cherchant le regard de Baltasar. L'apprenti fixait la manche de sa chemise ; il avait subitement pâli. Melchor était l'une de ses anciennes fréquentations. Le maître le savait. Autrefois, avant d'être embauché à l'atelier, le jeune garçon apportait au receleur les objets qu'il volait : bijoux, bourses, sacs... Melchor les lui achetait à un prix dérisoire et les revendait dix fois plus cher. « Baltasar aurait-il recommencé à voler ? » s'inquiéta José Pacheco.

Il se tourna vers Juan :

– Où est-il, ce bougeoir ?

– Toujours chez Melchor... Je n'avais pas l'argent pour le racheter.

– Comment as-tu appris qu'il était là-bas ? voulut savoir Angel.

– J'ai mes informateurs, répondit Juan, évasif.

Baltasar lui jeta un regard noir.

– Et comment tu sais que c'est le chandelier des Mentero ? Tu ne l'as jamais vu ! fit-il d'un ton coupant.

– J'ai vu les croquis d'Angel, répliqua Juan. J'ai l'œil, moi !

José Pacheco regarda son compagnon, perplexe. S'il disait vrai, la nouvelle était plutôt bonne ; mais l'idée de négocier avec ce Melchor lui répugnait. Pas question, cependant, de demander à la police d'intervenir. Cela aurait mis en péril la réputation de l'atelier. Il allait tenter de récupérer le candélabre à un prix raisonnable, c'était la meilleure chose à faire.

Le peintre attendit la fin du jour pour se rendre calle Jésus. La ruelle était sombre, et la maison du receleur, qui sentait l'urine et le poisson frit, avait des allures de taudis. Il frappa à la porte et donna son nom. Melchor l'observa avec méfiance par la petite fenêtre grillagée. De l'autre côté de la porte close, il aboya :

– C'est pour quoi ?

– Un chandelier ! Juan, mon compagnon, a dû vous prévenir.

Le receleur ouvrit. C'était un homme de petite taille au visage grêlé de cicatrices et au corps lourd et mou. Une chemise maculée de taches de graisse et de vinasse moulait son énorme bedaine.

– Par là ! ordonna-t-il, saisissant une torche accrochée sur le mur.

José Pacheco le suivit à contrecœur dans l'escalier sombre et étroit qui menait à sa cave. Il avait l'impression de descendre en enfer, tant l'atmosphère du lieu était viciée.

Melchor approcha sa torche d'un amas d'objets entassés sur une table, saisit un chandelier et le brandit sous le nez du peintre :

– Le v'là !

– Laissez-moi le regarder à la lumière.

Le receleur approcha sa torche pour mieux éclairer le bougeoir. C'était bien le candélabre de la famille Mentero y Sevilla, celui qu'Angel avait dessiné.

– Cinq cents réaux ! fit Melchor, soufflant son haleine avinée au visage du peintre.

– Certainement pas ! s'écria don José. Ce bougeoir a été volé, je connais son propriétaire. C'est un homme influent, et je n'ai qu'à lever le petit doigt pour qu'il vous fasse jeter en prison.

La tactique était dangereuse, mais le peintre ne voulait pas payer le chandelier aussi cher.

– Deux cents, c'est mon dernier prix, ajouta-t-il.

– Bon, ça ira, accepta Melchor. Payé comptant !

– Je me demande bien où vous l'avez trouvé, ce bougeoir...

– Bah ! Vous savez comment ça se passe, il a dû tomber d'un chariot ! Si les gens attachaient mieux leurs marchandises, ça n'arriverait pas ! ricana le receleur en tendant la main pour empocher l'argent.

José Pacheco paya, saisit l'objet et remonta à l'air libre. Les deux hommes se quittèrent sans un mot. Chacun savait à quoi s'en tenir, et ils ne souhaitaient ni l'un ni l'autre avoir jamais l'occasion de se revoir.

Avant de rentrer à l'atelier, José Pacheco fit un détour par la maison du señor Mentero y Sevilla. La calle de Olivos n'était pas tout près, cependant il tenait à lui remettre le chandelier en mains propres.

Sur le chemin qui le ramenait calle Cantarranas, don José s'interrogea encore une fois sur la culpabilité de Baltasar. Pourquoi l'apprenti aurait-il repris ses mauvaises habitudes ? N'était-il pas bien, à l'atelier ? Il était promis à une belle carrière de peintre. Le maître soupira et essaya de se concentrer sur le nouveau tableau qui l'occupait. C'était une *Naissance du Christ*, que les religieuses du couvent Santa Paula de Séville lui avaient demandé pour décorer leur cloître. Don José était très fier de cette commande ; sa réputation commençait à dépasser les portes de Madrid. La toile serait de très grande taille. Pour une fois, il avait du temps devant lui, ayant obtenu un délai d'un an pour livrer l'œuvre. Il comptait y faire participer Juan, Baltasar, peut-être même Angel. Ce serait pour eux l'occasion de progresser. Chacun aurait sa part ! Et puis, il ferait poser Sofia la muette pour le personnage de Marie. C'était un bon modèle. Silencieux ! Ce n'était pas toujours le cas. Les autres filles qui venaient à l'atelier aimaient bien bavarder avec les peintres, et cela nuisait au travail.

Calle Cantarranas, Maria, allongée sur son lit, s'ennuyait. Elle aurait voulu reprendre son travail, car l'atelier lui manquait ; mais, dès qu'elle se levait, la tête lui tournait.

Elle s'était aperçue que ses esquisses de la chatte et du petit cheval noir n'étaient plus sous son matelas. Qui avait bien pu les prendre ? Leur disparition l'avait contrariée et elle était inquiète. Quelqu'un savait qu'elle dessinait.

Soudain, la jeune fille prêta l'oreille : elle venait d'entendre un bruit derrière sa porte. On marchait sur le palier. Angel peut-être ? Les pas s'éloignèrent.

Ce n'est que bien plus tard, en allant chercher le pichet posé sur sa commode, que Maria aperçut quelque chose qui dépassait sous la porte. Elle s'approcha : c'était une feuille de papier pliée en deux. Elle la ramassa, retourna s'asseoir sur son lit et lut ces mots tracés d'une écriture maladroite :

Maria
Cé pa moi qui lai volé
Tu é bel
A Dieu
Baltasar

Elle les relut plusieurs fois sans comprendre. Pourquoi l'apprenti lui écrivait-il ? Et de quoi parlait-il ?

Que signifiaient ces mots : « C'est pas moi qui l'ai volé » ? Son cœur s'accéléra : ses croquis ! Baltasar évoquait-il ses dessins ? Forcément, il les avait vus, et peut-être pris ; pourtant, il affirmait que ce n'était pas lui ! Elle secoua la tête et soupira. Elle n'entendait rien à cette lettre. Et ce compliment, « tu es belle », alors que Baltasar avait toujours été si désagréable avec elle. Et pourquoi lui disait-il adieu ? Elle n'allait pas partir. Soudain, l'angoisse l'étreignit, sa gorge se serra. Don José avait décidé de la renvoyer ! Elle n'aurait jamais dû tomber malade ! Le maître ne lui faisait plus confiance, il la jugeait trop faible pour s'occuper de sa maison. Oui, voilà pourquoi Baltasar lui disait adieu. Que deviendrait-elle ? Il fallait qu'elle parle à Angel. Il lui dirait sûrement la vérité. Elle marcha jusqu'à son miroir. La tête lui tournait encore ; elle passa de l'eau sur son visage, arrangea ses cheveux, lissa sa robe du mieux qu'elle put et sortit de sa chambre.

18

Sur le seuil de l'atelier, Maria hésita. Angel, Juan et José Pacheco étaient en pleine conversation. Au son de leurs voix, elle sentit que quelque chose de grave était arrivé. Elle entendit le maître s'écrier :

– Quel idiot ! S'en aller comme ça, sur un coup de tête ! Enfin, il finira bien par revenir quand il sera calmé.

– Non, maître, je ne crois pas. Il a pris toutes ses affaires, signala Angel.

Alors, Maria comprit : Baltasar était parti ! Un poids énorme s'envola de sa poitrine. Don José n'avait pas eu l'intention de la renvoyer.

– Que s'est-il passé ? interrogea le maître.

Angel resta silencieux en fixant la pointe de ses souliers. Le peintre s'énerva :

– Vous vous êtes disputés ? Vous l'avez accusé, c'est ça ?

– Il connaissait Melchor..., commença Juan.

– S'il était innocent, il ne serait pas parti, ajouta Angel.

Don José éclata :

– Qu'en savez-vous ? Baltasar n'est pas comme vous.

– Quand même, s'il n'avait rien fait de mal, pourquoi s'enfuir ? insista l'apprenti.

– Oh, tais-toi donc ! soupira le maître.

C'est alors qu'il aperçut Maria à la porte de l'atelier.

– Que fais-tu là ? demanda-t-il d'une voix empreinte de lassitude.

– Heu... rien. C'est juste que je m'ennuie. Je voudrais travailler.

– Repose-toi encore un peu, tu reprendras demain.

– Bien, maître.

Maria remonta dans sa chambre, soulagée mais troublée. Que s'était-il passé pendant sa maladie ? De quoi Baltasar était-il accusé ? Elle commençait à comprendre le sens de son message. Le jeune apprenti ne voulait pas qu'elle le croie coupable. Ainsi, l'avis de la petite bonne comptait pour lui. Peut-être l'aimait-il bien, finalement... Et si sa brutalité était due à la jalousie ? Peut-être même l'aimait-il tout court ?

Maria apprit toute l'histoire à la fin de la journée. Angel monta la voir et lui raconta le vol du chandelier emprunté aux Mentero y Sevilla, les recherches menées par Juan dans la maison, les soupçons dont tous avaient fait l'objet – même Maria – et, pour terminer, la découverte du candélabre chez un receleur nommé Melchor.

– Mais pourquoi ne m'as-tu rien dit ? s'indigna la jeune fille.

– Je ne voulais pas que tu t'inquiètes... Tu comprends, c'est sûrement Baltasar qui a fait le coup, puisqu'il connaissait Melchor.

Maria sursauta. Baltasar ? Ainsi, c'était du vol du chandelier qu'on l'avait accusé... C'était donc de cela qu'il parlait dans sa lettre, pas des dessins sous le matelas. Et il se disait innocent. La jeune fille était troublée. Baltasar lui avait-il écrit la vérité ? Elle songea un instant à montrer le message du jeune apprenti à Angel, puis y renonça. Elle n'avait pas envie que ce dernier sache que Baltasar la trouvait belle...

– Qui va le remplacer à l'atelier ? demanda-t-elle au bout d'un moment.

– Le maître n'en a pas parlé. À mon avis, personne, pour l'instant.

– Vous allez y arriver ?

– On fera ce qu'on pourra.

– Dis, quand je redescendrai, on reprendra les leçons ?

Angel parut gêné.

– Ce n'est pas sûr, dit-il en fixant la chatte, occupée à faire sa toilette sur le lit de Maria. J'aurai besoin de toute mon énergie, avec le surcroît de travail qui m'attend... Mais nous sortirons ensemble le dimanche, si tu veux.

Maria ne répondit pas.

– Au fait, tu sais, le maître a dit qu'Ana allait rester pour t'aider. Vous vous partagerez le travail.

Au moins une bonne nouvelle ! Elle passerait ainsi plus de temps à l'atelier.

Maria retrouva avec plaisir la salle de travail des peintres. De nouveaux tableaux étaient en cours ; elle les observa longuement, les uns après les autres.

L'envie de dessiner, qui s'était estompée pendant sa maladie, revint avec force. Elle récupéra des feuilles dans la corbeille à papier et, juste avant de quitter l'atelier pour rejoindre Ana à la cuisine, glissa dans sa poche un morceau de fusain qui traînait sur une table.

Tout en remuant d'une main le ragoût du déjeuner, Maria caressait du bout des doigts le morceau de charbon. L'impatience la gagnait ; mais il fallait attendre. Malgré l'aide d'Ana, il y avait toujours beaucoup à faire dans la maison, et le linge sale s'était accumulé dans la buanderie.

Enfin, le soir arriva. Fourbue, Maria monta lentement dans sa chambre. Toute cette lessive l'avait éreintée ; pourtant il n'était pas question qu'elle se couche. Depuis le matin, elle avait rêvé de cet instant de solitude. Elle allait pouvoir dessiner !

La chatte s'approcha et renifla l'écuelle que Maria lui avait apportée.

– Oui, c'est pour toi, dit la jeune fille en la caressant.

Mimosa ne se fit pas prier. Pendant qu'elle dévorait, Maria s'installa. Elle lissa soigneusement une feuille et posa la chandelle à côté, afin de l'éclairer. Elle savait exactement ce qu'elle voulait dessiner : une petite mésange à tête noire et aux plumes bleues, aperçue à plusieurs reprises derrière sa lucarne, durant sa maladie.

Elle travailla près d'une heure sur son dessin. Puis, vaincue par la fatigue, elle souffla la bougie et s'endormit sur-le-champ.

Le lendemain soir, Maria dessina un papillon de nuit entré dans sa chambre. Se succédèrent ainsi sur les feuilles une tourterelle, un cafard, une fourmi, une mouche et plusieurs musaraignes. La jeune fille passait des heures à travailler de minuscules détails. Elle était régulièrement confrontée à des difficultés :

comment donner l'illusion du relief, respecter les proportions, créer les ombres...

Toutes les heures du jour, Maria pensait à son prochain dessin. Ces heures volées sur son sommeil, passées à griffonner, barrer, gratter, recommencer encore, étaient sa joie, presque sa raison de vivre.

Un soir, la jeune fille décida de se prendre elle-même pour modèle. Après s'être longuement étudiée dans le petit miroir accroché au mur de sa chambre, elle se lança. Sans cesse, elle revenait vers son reflet pour y chercher ses traits, essayant d'oublier qu'ils lui appartenaient. Quand le dessin fut achevé, Maria ferma les yeux, puis les ouvrit comme pour la première fois et se regarda sur le papier. Aussitôt, elle se sentit mal à l'aise. Le dessin était fidèle ; se voir ainsi était dérangeant. Elle se tourna vers la chatte :

– Regarde ! Tu la connais ?

L'animal donna un coup de patte sur la feuille, griffant le papier.

– Tu as raison, approuva Maria.

Elle prit son portrait et le déchira. Elle préférait dessiner les animaux.

19

Il était tard lorsque José Pacheco entra dans l'atelier, ce matin-là. L'atmosphère était calme et studieuse. Angel découpait un rouleau de toile, Juan peignait, Maria s'activait autour du brasero, dont elle retirait les cendres.

La jeune fille leva les yeux vers le maître et devina à son front plissé qu'il était soucieux.

– J'ai reçu une commande d'un couvent de Séville, annonça-t-il au bout d'un moment. Un grand tableau. Avec toutes les autres toiles en cours, on ne s'en sortira pas. Il nous faut quelqu'un d'autre, ne serait-ce que pour préparer les couleurs. Aussi, je suis passé à la Guilde[1] tout à l'heure. Je leur ai dit

1. La Guilde était une association d'artisans.

que je cherchais un apprenti pour remplacer Baltasar. Ils vont m'envoyer des candidats.

Le maître se tourna vers Maria :

– Quand tu auras terminé avec la cendre, va donc aider Ana à la cuisine. Elle doit t'attendre.

La jeune fille obéit, déçue. Elle n'aurait pas l'occasion de voir José Pacheco manier son pinceau...

Quelque temps après, alors que Maria frottait le linge, la phrase de don José se mit à résonner dans sa tête : « Il nous faut quelqu'un d'autre, ne serait-ce que pour préparer les couleurs. » Préparer les couleurs, elle savait le faire, elle. Seulement, le maître l'ignorait...

Bientôt, grâce à la Guilde, le bruit courut dans Madrid, d'atelier en atelier : José Pacheco cherchait un apprenti. La nouvelle en intéressa plus d'un, car la réputation du maître de la calle Cantarranas était excellente. On disait le peintre exigeant, mais remarquable pédagogue. On ajoutait qu'il faisait confiance à ses élèves, et qu'il avait de nombreuses commandes dans la haute société.

On était alors en avril, et la Semaine Sainte [1] venait de commencer. À cette époque de l'année, personne n'avait la tête au travail, et pourtant don José reçut

1. Une semaine avant Pâques, période pendant laquelle les chrétiens font pénitence.

une visite dès le lundi. Le garçon frappa tôt le matin à la porte de l'atelier. Habillé de propre, coiffé avec soin, les ongles nettoyés, il paraissait intimidé. Angel le conduisit auprès du maître. L'entretien fut rapide. Le candidat ne convenait pas. Maria le regarda repartir, soulagée.

Avril s'achevait comme il avait commencé, sous la pluie et le vent. Douze candidats s'étaient déjà présentés calle Cantarranas, mais aucun n'avait plu au peintre.

Chaque nouvelle visite rendait Maria plus nerveuse. L'un de ces garçons finirait bien par convenir à don José. Et elle aurait laissé passer sa chance... L'idée de proposer sa candidature au maître ne cessait de lui trotter dans la tête ; cependant elle n'avait jamais eu l'audace de lui en parler.

Le dernier jour du mois, la pluie tomba à verse du matin au soir. Il était à peine six heures et demie lorsque José Pacheco reposa son pinceau d'un air las. Le maître détestait ces nuages épais qui absorbaient la lumière et l'empêchaient de peindre. Son regard balaya l'atelier désert. Juan et Angel étaient partis depuis longtemps. Eux non plus n'avaient pas très bien travaillé, et les commandes prenaient du retard. Il était plus que temps d'embaucher un deuxième apprenti !

Contrarié, le peintre quitta l'atelier pour la cuisine, où il demanda à Maria de lui réchauffer la soupe aux carottes du déjeuner. La jeune fille mit la casserole sur le feu. Bientôt, l'odeur du potage se répandit dans la pièce.

– Faites attention, il est brûlant ! lui recommanda-t-elle en posant un bol fumant sur la table.

– Merci, Maria.

– Maître, je connais quelqu'un...

Don José leva les yeux vers la jeune fille.

– De quoi me parles-tu ?

– Je... je connais quelqu'un qui pourrait vous aider à l'atelier. Enfin, je veux dire... Moi, je pourrais...

– Toi ? s'étonna le peintre.

Maria rougit, soudain honteuse de son audace. José Pacheco remarqua ses joues empourprées. Bien que troublée, elle soutenait son regard. Il s'aperçut que le petit éclat d'or dans le brun de son iris brillait comme une flamme. Elle semblait réellement passionnée.

– Il n'y a jamais eu de femmes dans un atelier, articula-t-il enfin.

– Cela ne me dérange pas.

Don José ne put s'empêcher de sourire. Quelle drôle de fille ! Elle ne ressemblait vraiment pas aux bonnes qu'il avait engagées jusque-là. Après tout, pourquoi ne pas la laisser travailler avec eux ? Elle paraissait intelligente et n'était pas maladroite : depuis qu'elle faisait le ménage à l'atelier, elle n'avait rien cassé, et elle remettait toujours tout en place. Elle serait sans doute capable d'apprendre les rudiments nécessaires... Et lui, cela n'empêcherait pas qu'il continue à rencontrer des garçons pour le poste d'apprenti. Sans doute finirait-il par embaucher l'un d'entre eux, sauf qu'il n'y aurait plus d'urgence. Oui, c'était une bonne idée.

– C'est d'accord ! annonça-t-il.

– C'est vrai ? Vous voulez bien ?

– Puisque je te le dis ! Tu commenceras demain.

– Oh, merci ! s'écria Maria.

Dans un élan, elle s'avança vers le maître comme pour l'embrasser ; puis elle se reprit, recula et sortit précipitamment de la cuisine.

José Pacheco secoua la tête. Une drôle de fille, décidément ! Mais elle lui plaisait bien.

20

– Angel, tu vas montrer à Maria comment préparer les couleurs.

L'apprenti regarda la jeune fille, stupéfait. Toutefois, l'étonnement laissa peu à peu place à l'admiration. Ainsi, elle avait réussi à convaincre le maître de la faire travailler à l'atelier !

La réaction de Juan fut toute différente. Il était furieux.

– Mais, maître, c'est impossible ! C'est la bonne !

– Et alors ? N'a-t-elle pas dix doigts et deux yeux comme toi ? rétorqua José Pacheco.

Vexé, Juan se rembrunit. Angel s'approcha de Maria et l'interrogea à voix basse :

– Le maître sait-il que tu sais ?

Elle comprit qu'il parlait de ses leçons secrètes et secoua la tête. L'apprenti parut soulagé.

– Alors, viens, je vais faire semblant de te montrer !

Le jeune garçon passa la matinée à apprendre à Maria les gestes qu'elle maîtrisait déjà. Trier les pigments, les rincer à l'eau, les broyer finement. Lorsqu'elle se mit à l'œuvre, le maître l'épia du coin de l'œil, curieux de voir comment elle s'y prenait.

Penchée sur l'établi, Maria pilonnait un morceau d'os carbonisé. Don José regardait le mouvement régulier de son épaule et de son poignet. C'était parfait. D'ordinaire, les apprentis mettaient plusieurs jours avant d'y parvenir... Il s'approcha, prit une pincée de poudre d'os entre ses doigts et la frotta doucement.

– Continue ! Plus la poudre sera fine, plus la couleur sera intense.

Puis il ajouta d'un ton chaleureux :

– C'est bien. Très bien, même, pour une novice.

La jeune fille rosit de plaisir.

Au cours des semaines qui suivirent, sur les recommandations du maître, Angel consacra chaque jour un peu de son temps à enseigner à Maria les rudiments du métier : fabriquer des brosses, des pinceaux, des enduits, des toiles ; préparer des peintures, des vernis, des colles, etc. Grâce aux leçons secrètes de son ami, la jeune fille connaissait certaines de ces techniques, mais il lui restait beaucoup à apprendre.

À plusieurs reprises, don José s'étonna des progrès de sa bonne. Elle était douée pour ce métier. Parfois, en l'observant pendant son travail, il se prenait à regretter qu'elle fût une fille. Un jour ou l'autre, il devrait la remplacer, ou il aurait à coup sûr des ennuis avec la Guilde des peintres.

Six coups venaient de sonner à l'église voisine. Don José frappa dans ses mains :

– La journée est terminée ! On reprend demain !

Hormis l'hiver, où les peintres cessaient de travailler dès la tombée de la nuit, c'était toujours à cette heure-là que l'activité s'arrêtait. Le maître savait que ses élèves avaient besoin de repos et de distraction après leur journée de labeur. Lui seul continuait à peindre, jusqu'à ce que ses yeux se fatiguent.

Angel et Juan se levèrent et quittèrent l'atelier. José Pacheco regarda Maria, qui n'avait pas bougé. Elle était occupée à tailler des baguettes de saule avec la lame d'un couteau.

– Tu n'as pas entendu ? Six heures ont sonné !

– Je voudrais finir, maître.

– Combien en as-tu déjà préparées ?

Maria compta les bâtonnets posés sur sa table.

– Soixante.

– Eh bien, cela suffit. Je les porterai chez le boulanger tout à l'heure.

– Euh... Si vous voulez bien, j'aimerais le faire moi-même... s'il vous plaît.

Don José sourit : Maria ne faisait jamais rien à moitié ! Mais pouvait-il l'autoriser à se rendre chez don Carlos, le boulanger, pour y faire cuire ses fusains ? Que dirait l'artisan en voyant la bonne arriver à la place du peintre ? D'un autre côté, il avait le portrait de doña Clara à terminer pour le lendemain, et don Carlos fermait tôt... Maria lui rendrait service en s'occupant de la cuisson.

– D'accord, vas-y ! trancha-t-il.

Ravie, Maria s'empressa de rassembler ses bâtonnets en petits paquets, noués solidement avec un fil de cuivre. Elle fourra ensuite le tout dans un grand pot de terre cuite, qu'elle ferma hermétiquement avec de la terre glaise.

C'est en sortant de l'atelier qu'elle aperçut Angel. Les mains dans les poches de son pantalon, le garçon l'attendait en silence. Maria remarqua qu'il avait lissé ses boucles châtaines et tracé une raie dans ses cheveux.

– Je croyais que tu étais parti ! s'exclama-t-elle.

– Tu viens te promener ?

Maria se mordilla la lèvre, ennuyée.

– Il fait doux, ajouta-t-il pour la convaincre.

C'était vrai. Toute la journée, Maria avait senti le parfum sucré des glycines qui fleurissaient dans la cour. Seulement, elle n'avait pas envie de se distraire, même en compagnie d'Angel.

– Désolée, je suis fatiguée, mentit-elle. Une autre fois...

– Une autre fois ! Une autre fois ! Tu as dit la même chose il y a deux jours, lui reprocha gentiment Angel.

– Désolée, répéta Maria en baissant le nez vers ses bâtonnets.

Elle était un peu honteuse de son mensonge ; mais comment expliquer au garçon que le travail passait avant tout ? Apprendre la peinture était pour elle plus important que l'amitié d'Angel ; cependant elle ne pouvait le lui dire. Il en aurait été blessé.

Angel haussa les épaules et s'éloigna.

La jeune fille, qui craignait de croiser l'apprenti dans la rue, attendit un moment avant de s'y aventurer.

Don Carlos s'apprêtait à fermer son échoppe lorsqu'il la vit arriver en courant. Reconnaissant le pot qu'elle avait dans les mains, il s'étonna :

– Tiens donc ! Voilà que maître Pacheco envoie sa bonne cuire les fusains !

– Il n'avait pas le temps, ce soir.

– Remarque, je ne perds pas au change, dit-il en lui adressant un clin d'œil. C'est toi qui passeras les rechercher ?

Maria acquiesça.

– Alors, tu peux revenir demain à partir de quatre heures. D'ici là, ils vont cuire à petit feu, jusqu'à ce que je rallume le four pour la prochaine fournée.

Maria hocha la tête. Elle serait ponctuelle au rendez-vous. La cuisson des bâtons de saule était sous sa responsabilité.

Tout en s'en retournant vers la calle Cantarranas, la jeune fille songea à Angel. Finalement, ce n'était peut-être pas seulement de l'amitié qu'il éprouvait à son égard. Était-il possible qu'il soit amoureux d'elle ? Cette pensée la troublait et la gênait. Elle ne se sentait pas capable de l'aimer... pour le moment. La peinture occupait trop de place dans sa tête et dans son cœur.

La chatte reconnut les pas de sa maîtresse dans l'escalier et miaula avec impatience. Maria entra, la prit dans les bras et déposa un baiser sur son museau.

– Eh oui, je suis en retard...

Mimosa se tortilla pour se dégager de son étreinte.

– Ça va, j'ai compris ! Tu as faim !

La jeune fille la reposa devant les restes de nourriture qu'elle était passée prendre à la cuisine. L'animal se jeta dessus.

– Quelle gloutonne tu fais ! Bon, eh bien, pendant que tu te remplis l'estomac, moi, je vais dessiner.

Depuis quelques jours, Maria avait recommencé à travailler sur le taureau et le petit cheval aux yeux bandés. Depuis qu'elle les avait vus s'affronter dans l'arène, elle ne cessait de penser à eux. Elle regrettait que ses premières esquisses aient disparu.

Elle passa en revue les crayonnés des jours précédents : le taureau qui charge, tourne sur lui-même, martèle le sol de son sabot, le cheval qui galope à l'assaut, vacille, s'écroule. Le tout présenté sous plusieurs angles. Ce n'était pas mal, mais certains détails de leur anatomie, en particulier la forme des jambes des animaux, lui déplaisaient. Seulement, comment les retravailler sans modèle ?

Maria regarda la chatte, qui, assise par terre se léchait les babines.

– Tu sais, il va falloir que je retourne à la course de taureaux ! lui confia-t-elle.

Mais, rien qu'à l'idée de revoir ces hommes et ces animaux se battre, elle sentait son estomac se nouer.

21

Par la lucarne ouverte, Maria contemplait la nuit encore semée d'étoiles. Elle venait d'entendre les cloches sonner trois fois. Les fusains ne seraient prêts qu'à quatre heures. Rien ne pressait, mais elle était bien trop excitée pour se rendormir. Elle pensait à ses bâtonnets en train de cuire. Don José lui avait fait confiance, elle ne devait pas le décevoir.

Lorsque le boulanger ouvrit la porte de son four, une bouffée d'air tiède et parfumé s'en échappa. L'homme en sortit le pot de terre et le tendit à Maria, effleurant sa main au passage. La jeune fille recula instinctivement et quitta l'échoppe à la hâte, sans même le remercier.

Au coin de la rue, gagnée par l'impatience, elle s'accroupit dans le renfoncement d'une porte cochère, sortit le couteau qu'elle gardait toujours dans la poche de sa jupe et fit sauter le couvercle d'argile. Les bâtonnets de saule, couleur de bois clair la veille, étaient devenus tout noirs.

Maria trouva don José dans l'atelier.

– J'ai les fusains ! annonça-t-elle.

– Montre-m'en un.

Elle s'empressa de dénouer les fils de cuivre pour dégager un bâtonnet.

– Essaie-le ! lui ordonna alors le peintre.

Maria prit une feuille de papier et y traça des lignes avec le fusain, en faisant varier la pression de sa main. Le charbon marquait bien.

– Maintenant, passe tes doigts dessus.

Elle s'exécuta. Le noir s'effaçait à peine, preuve que le fusain était de bonne qualité.

– C'est bien, conclut le maître. Tu peux les ranger dans le placard.

Maria se sentit pousser des ailes. Don José fit mine de reprendre son ouvrage ; puis se ravisa :

– Dis-moi, Maria, tu n'as pas trop à faire, entre ton travail à l'atelier et le ménage ?

– Oh non, maître ! lui assura-t-elle avec empressement.

Le peintre se racla la gorge. Il paraissait gêné.

– Je t'ai entendue discuter avec Angel, hier. Tu lui disais que tu étais fatiguée...

– Ce n'était pas vrai... C'est juste que je préférais porter les bâtonnets.

– Ah ! Bon, bon, fit José Pacheco.

Et il s'en retourna à son tableau.

Maria rangea les fusains, puis fila chercher son balai et commença à balayer le plancher avec énergie. Il ne fallait surtout pas que le maître doute de sa capacité de tout mener de front.

Pepa arriva au milieu de la matinée. Maria aperçut sa silhouette tandis qu'elle traversait la cour, et la rejoignit dans la cuisine. Elle lui annonça aussitôt son désir de revoir la course de taureaux.

Pepa posa les poings sur ses hanches et regarda son amie avec surprise :

– Mais je croyais que tu détestais ça !

– J'ai changé d'avis.

– Tiens donc !

Maria se mordit la lèvre. Elle faillit avouer la vérité à Pepa, lui parler de ses dessins ; seulement, comment son amie aurait-elle réagi ?

– Alors, c'est quand ?

– Dimanche prochain. Tu sais, je suis contente que tu te décides enfin à sortir. Ce n'est pas bon de rester enfermée toute la journée !

La jeune femme la prit gentiment par le bras :

– Et si tu demandais à Angel de nous accompagner ? Il est mignon et, tu sais, je crois bien qu'il s'intéresse à toi...

Maria se dégagea, gênée. Elle ramassa les tomates et les haricots posés sur la table et les plongea dans la bassine. Si Angel venait, elle ne pourrait pas dessiner le taureau et le cheval, ainsi qu'elle en avait l'intention. Elle n'avait pas envie qu'il découvre son travail. Ni lui, ni personne.

– Non, juste nous deux, c'est mieux, murmura-t-elle.

Pepa soupira :

– Ce n'est pas comme ça que tu te marieras !

– Je ne veux pas me marier.

– Ne dis pas n'importe quoi, Maria ! Toutes les filles se marient.

– Peut-être que je ne suis pas comme toutes les filles...

– Qu'est-ce qui te fait penser ça ? demanda Pepa, le sourcil froncé.

Maria haussa les épaules sans répondre. Son amie n'insista pas.

22

Le dimanche suivant, une pluie de printemps, tiède mais violente, s'abattit sur Madrid. Des éclairs de lumière zébraient le ciel gris sombre. Maria tournait en rond dans la cuisine, prête à partir ; mais Pepa était en retard ! Avait-elle oublié leur rendez-vous ? Et puis, par un temps pareil, la corrida aurait-elle lieu ?

Ana lui jeta un regard de reproche :

– Qu'as-tu donc à t'agiter de cette façon ?

– Je n'aime pas l'orage, mentit Maria.

La veuve haussa les épaules :

– Bah ! Il pleut toujours le jour de saint Isidore, le patron de Madrid !

– Et pourquoi ?

– Parce que c'était un laboureur. À la saint Isidore, il pleut parce que la terre a besoin d'eau. Voilà tout !

Maria secoua la tête. Ana était bien naïve de croire que le ciel respectait les fêtes des saints ! Elle glissa sa main dans la poche de son tablier. Tout son matériel était là : deux fusains taillés, trois feuilles de papier, une petite planche de bois léger pour lui servir de support... Seulement, si la pluie continuait de tomber, il lui faudrait aussi dénicher un parapluie, afin de dessiner à l'abri des gouttes. « Pepa en aura peut-être un... si elle vient ! » songea-t-elle en bousculant une chaise.

– Calme-toi ! s'énerva Ana. Tu me donnes le tournis, à remuer comme ça !

Enfin, Pepa entra, dégoulinante, le souffle court.

– Il pleut trop ! On ne peut pas y aller ! s'exclama-t-elle en tordant ses longs cheveux.

Maria se précipita vers elle :

– Mais si, Pepa ! On relèvera le bas de nos robes.

– Écoute, vraiment, ça ne me dit rien.

– Tant pis, moi, j'y vais ! s'écria Maria en se dirigeant vers la porte.

Pepa chercha à la retenir par la manche :

– Reste ici ! Tu vas te perdre, tu connais à peine la ville !

– Pas du tout. Je me souviens très bien du trajet jusqu'à la Plaza Mayor, se défendit Maria.

– Comme tu voudras ! Mets ça, au moins ! lui recommanda son amie en lui tendant sa cape.

Le vêtement était déjà bien trempé, mais Maria s'en enveloppa tout de même. Elle rabattit la capuche sur sa tête et s'élança sous la pluie.

L'orage avait chassé les promeneurs du dimanche, et la calle Cantarranas était déserte. Quelques rues plus loin, Maria croisa des attelages qui profitaient des chaussées dépeuplées pour rouler vite. Calle Mayor, la jeune fille vit foncer vers elle un carrosse rouge et noir, tiré par quatre chevaux lancés au galop. Elle bondit de côté, trop tard pour éviter les gerbes d'eau brunâtre qui giclèrent sur son passage, éclaboussant sa cape et son visage. Maria sortit un mouchoir de sa poche et s'essuya la figure en suivant l'attelage des yeux. Son regard fut attiré par la roue arrière du véhicule, qui paraissait bizarrement ovale, et non ronde comme les roues ordinaires. Intriguée, elle releva ses jupes et se mit à courir derrière la voiture. Mais, déjà, le carrosse passait le coin de la rue. Maria poursuivit son chemin. Elle réfléchissait tout en marchant : comment une roue ovale pouvait-elle rouler ? C'était impossible !

La question tournait encore dans sa tête lorsqu'elle atteignit la Plaza Mayor, où une petite foule compacte se pressait sur les gradins. La pluie n'avait pas découragé tous les amateurs. La jeune fille trouva une place assise près de l'arène, à côté d'une femme et de sa petite fille. La mère avait tendu une bâche au-dessus de leurs têtes pour les protéger des averses. Voyant que Maria n'avait pas de parapluie, elle lui proposa de profiter de leur abri de fortune. Elle accepta avec reconnaissance.

Bientôt, la fanfare roula tambour. Comme la fois précédente, l'homme à la cape noire salua le roi, puis le taureau fit son entrée. Il avançait lentement, prudemment, et se figea au milieu du cirque, désorienté, l'air apeuré. « Quelle différence avec la bête furieuse de la dernière fois ! pensa Maria. Est-ce à cause de la pluie, qui l'empêche de voir ce qui se passe autour de lui ? »

Trois cavaliers coururent vers l'animal, dardant la pointe acérée de leur javelot. Le taureau ne bougea pas. Son impassibilité agaça la voisine de Maria, qui s'écria :

– Celui-là, alors ! On dirait qu'on l'a dérangé au milieu de sa sieste !

Dans l'arène, on commençait à siffler. Penchée sur la feuille de papier posée sur ses genoux, Maria était bien la seule à se réjouir de la situation. Elle dessinait la bête : ses sabots, ses pattes, la courbe de son ventre, ses naseaux.

Les cavaliers s'approchèrent encore. Ils n'étaient plus qu'à quelques pas du taureau, et leurs javelots frôlaient son cuir épais. Cependant, l'animal s'ébroua tranquillement, secouant ses flancs mouillés pour en chasser la pluie comme l'eût fait un gros chien. La foule se mit à rire, mais on la sentait plus moqueuse qu'amusée.

– Maman, pourquoi les cavaliers n'attaquent pas ? interrogea la fillette, assise sur les genoux de sa mère.

– Mais parce qu'ils ne peuvent pas ! C'est à cause de ce stupide taureau, tu vois bien qu'il ne bouge pas d'un pouce !

– Et alors ?

– Eh bien, tant qu'il ne les aura pas « offensés », les cavaliers n'auront pas le droit de le piquer. C'est la loi de la chevalerie. Un chevalier n'attaque jamais le premier : il se défend, ou il se venge.

– Ah ! s'étonna la petite fille.

Maria, qui avait entendu la conversation, partagea la surprise de l'enfant. Elle était soulagée, néanmoins, d'apprendre l'existence de ces règles.

Sur les gradins, le public impatient commençait à huer. Comme répondant à ses imprécations, trois picadors à pied apparurent. Du bout de leurs piques, ils asticotèrent l'animal, qui tourna sur lui-même pour éviter les coups, mais persista à refuser d'attaquer.

C'en était trop ! La foule se déchaîna, jetant dans l'arène tout ce qui lui tombait sous la main : parapluies, pommes, chapeaux...

Finalement, sous les injures et les sifflements, le taureau trop gentil fut conduit vers la sortie. Une autre bête vint prendre sa place. Lourde et puissante, elle montrait tous les signes d'agressivité requis.

Maria glissa sa planche et ses dessins à l'abri sous ses jupons et se leva. Elle en avait assez vu. Sa voisine voulut la retenir :

– Reste donc ! Celui-là, ça se voit qu'il va leur donner du fil à retordre !

Mais la jeune fille courait déjà vers la sortie.

Maria reconnut le carrosse rouge et noir garé sur la Plaza Mayor. Quelle chance de le retrouver ! Elle se pencha pour examiner sa roue arrière, et s'aperçut qu'elle était parfaitement ronde, comme les trois autres. C'était une roue tout à fait ordinaire, et la jeune fille se demanda pourquoi elle l'avait crue ovale. Soudain, la réponse s'imposa à son esprit : en tournant, la roue paraissait changer de forme. Elle se promit de s'en souvenir le jour où elle dessinerait un carrosse lancé à pleine vitesse.

Tout en cheminant vers la calle Cantarranas, Maria s'interrogeait : les autres objets changeaient-ils également de forme en bougeant ? Et qu'en était-il des êtres vivants ? Les hommes, les animaux ? La question l'intriguait tant qu'elle dépassa la maison de don José sans s'en rendre compte. Revenue sur ses pas, elle monta directement dans sa chambre et retira ses vêtements mouillés, qu'elle mit à sécher sur le dossier de sa chaise. Puis elle s'enveloppa d'une couverture et observa les croquis qu'elle avait pris dans l'arène.

Les yeux clos, elle tenta de se rappeler la scène : le taureau au milieu de l'arène, secouant ses poils mouillés. L'image lui revint en mémoire. Oui, le taureau était bien comme la roue ! Lorsqu'il bougeait, il changeait de forme, les proportions de ses jambes, de son poitrail, de son mufle n'étaient plus les mêmes.

Elle décida de reprendre tous ses croquis à la lumière de cette fascinante découverte. À l'aide d'une boulette de mie de pain, elle effaça ce qui lui semblait faux, puis recommença jusqu'à ce que les dessins lui conviennent.

À présent, la nuit tombait, et Maria dut allumer sa chandelle. Elle pensa à ce que le maître avait expliqué un jour à Juan : « La lumière des bougies fausse l'image et trouble la vision du peintre. » Elle observa les ombres qui dansaient sur sa feuille et admit qu'il avait raison. Il fallait qu'elle arrête, sinon elle risquait de se tromper.

Allongée sur sa couche, la jeune fille imagina le tableau qu'elle aurait aimé peindre. Il serait grand comme deux fois sa lucarne et raconterait les derniers instants du petit cheval noir aux yeux bandés. Elle était si concentrée qu'elle ne remarqua pas l'absence de la chatte.

23

Lorsque Maria se réveilla le lendemain matin, la pluie tambourinait toujours sur les toits. Elle allongea le bras pour caresser la chatte, mais ne la trouva pas. Surprise, elle la chercha du regard et dut se rendre à l'évidence : Mimosa n'était pas dans la chambre. Était-elle là la veille au soir ? Impossible de s'en souvenir. Elle alla vers lucarne et scruta les environs.

– Mimosa ! Mimosa ! Viens ! Il pleut trop pour rester dehors !

Soudain, elle aperçut au loin une petite silhouette... Un chat, forcément : il n'y avait que les félins pour s'aventurer sur les toits. Le rideau de pluie l'empêchait de distinguer précisément la couleur de son pelage, mais ce dernier lui parut trop clair.

L'animal s'approcha finalement. Il était blanc comme neige et, vu sa taille, c'était probablement un matou.

La jeune fille s'habilla et descendit dans la cour pour appeler encore sa protégée. Jamais la chatte ne s'était enfuie, et Maria sentait l'inquiétude la gagner.

Lorsqu'elle se décida enfin à rentrer dans la cuisine, Angel était là. Il remarqua ses cheveux mouillés plaqués autour de son visage et son air soucieux.

– Que se passe-t-il ?

– La chatte a disparu !

Le garçon poussa un bref soupir de soulagement. « Ce n'est donc que cela », songea-t-il.

– Tiens, sèche-toi, fit-il en lui tendant un torchon. Il ne faut pas que tu retombes malade.

Maria s'essuya distraitement.

– Elle va revenir, ne t'inquiète pas, reprit Angel.

– Mais il pleut !

– Et alors ? C'est une bête, pas du sucre ! s'écria l'apprenti, soudain irrité.

Il se demandait si Maria se serait autant inquiétée de sa disparition à lui.

Maria regarda Angel sans comprendre et quitta la cuisine. Elle remonta rapidement dans sa chambre. La chatte était peut-être revenue... Hélas, seule la pluie était entrée par la lucarne grande ouverte.

La jeune fille s'assit sur son lit, le cœur en peine. Elle serait bien repartie à sa recherche, mais elle devait travailler : José Pacheco l'avait chargée de confectionner une douzaine de pinceaux en poil d'écureuil.

Elle descendit à l'atelier et sortit du placard les queues d'écureuil que le maître avait achetées au marchand de peaux. Avec une brusquerie inhabituelle, elle commença à arracher leurs poils, qu'elle rassembla en paquets. L'opération terminée, elle baigna les petits ballots de fourrure à l'eau claire, puis les essora entre ses doigts. Il ne lui restait plus qu'à les tailler en pointe avec des ciseaux, avant de les glisser dans les bâtons d'érable poli qui serviraient de manches.

Le travail, minutieux, parvint à occuper son esprit. Au fond de l'atelier, Angel ponçait un panneau de bois. À travers la poussière en suspension, il jetait des coups d'œil à son amie. Il sentit peu à peu sa rancœur s'apaiser. Dès qu'il pourrait, il l'aiderait à retrouver sa protégée. Peut-être lui en serait-elle reconnaissante. Il aurait tant voulu qu'elle accepte de sortir avec lui ! Il l'emmènerait sur les bords du Manzanares [1]. C'est là que se retrouvaient les amoureux, le dimanche...

1. Le fleuve qui traverse Madrid.

À six heures, les peintres rangèrent leurs outils. Maria fila aussitôt dans sa chambre ; la chatte n'était toujours pas rentrée. Elle s'assit sur son lit, totalement désemparée.

Bientôt, Angel passa la tête par la porte entrouverte :

– Cherchons-la dans le quartier, tous les deux...

Maria hocha la tête, soulagée. Ensemble, ils auraient plus de chances de la trouver. Angel l'entraîna vivement dehors, heureux qu'elle ait besoin de lui.

Angel et Maria se faufilèrent dans les cours des maisons, apostrophant les habitants :

– Avez-vous vu une chatte ? Noire, une petite tache blanche sur le cou, les yeux jaunes.

– C'est pas les chats qui manquent, par ici ! répondit une vieille édentée en secouant la tête.

– Si vous croyez que j'ai que ça à faire ! Cherchez votre bestiole vous-mêmes, grommela un homme, affairé à transporter du bois.

– Mais oui, je l'ai vue ce matin, je lui ai même donné à manger ! s'écria une petite fille blonde à la voix aiguë.

– Elle était bien toute noire, tu en es sûre ? demanda Angel.

– Ah non, je n'ai pas dit ça... Elle était plutôt blanche !

Maria se désespérait :

– On ne la trouvera jamais ! Il lui est arrivé malheur...

– Mais non, il faut chercher encore. Je vais monter sur un toit...

Elle le regarda avec reconnaissance.

Dans une cour intérieure de la petite calle del Sol, les deux amis trouvèrent une échelle. Angel atteignit sans encombre le balcon du premier étage. De là, il grimpa sur la rambarde et se hissa sur le deuxième balcon, puis sur le toit.

Debout sur les tuiles rendues glissantes par la pluie, il jouissait d'une large vue sur la plupart des toits du quartier. La main en visière pour se protéger des rayons du soleil couchant, il scruta la mosaïque de tuiles rouges à la recherche d'une petite tache noire.

En bas, Maria se tordait le cou pour l'apercevoir. Elle aurait bien voulu le suivre, mais l'ampleur de ses jupes ne le lui permettait pas. Elle entendit Angel appeler la chatte, et même miauler.

L'apprenti resta sur son observatoire jusqu'à la nuit tombée. Enfin, il se laissa glisser à terre.

– Il faut rentrer, soupira-t-il. À Madrid, passé une certaine heure, on égorge sans sommation pour quelques réaux.

Ils rebroussèrent chemin, tristes et abattus.

Devant la chambre de Maria, Angel promit :

– On recommencera demain !

La jeune fille hocha la tête et referma sa porte. La lucarne était toujours ouverte, et une flaque d'eau s'étalait sur le sol. Elle l'épongea, puis alluma sa chandelle et sortit son matériel de dessin. Travailler l'empêcherait de penser à Mimosa.

Passant ses croquis en revue, Maria s'interrogeait sur la meilleure manière de représenter la course de taureaux. Quelle scène allait-elle dessiner : l'instant avant le combat, où tout est encore calme ? Ou le moment de la charge, quand la mort menace ? Ou l'instant rouge, sanglant, horrible, où les cornes du taureau transpercent la poitrine du cheval ? Elle fit plusieurs essais ; elle hésitait encore. Elle aurait voulu solliciter un conseil, mais auprès de qui ?

Sa tête dodelina. Dans un dernier effort, elle se traîna jusqu'à son lit et sombra dans un profond sommeil.

Au milieu de la nuit, Maria se réveilla, certaine qu'on l'avait appelée. Était-ce un rêve ? Elle tendit l'oreille et retint sa respiration. On grattait à sa porte ! Elle se précipita hors de son lit. La chatte était là, sur le seuil, un rayon de lune éclairant son échine. La jeune fille la prit dans ses bras, la serra contre elle. Plongeant le nez dans sa fourrure, elle nota une odeur de tabac.

– Comme tu m'as manqué !

Le lendemain, Angel se leva de bonne heure et alla frapper à la porte de sa voisine. Maria venait de se réveiller et brossait ses cheveux en chantonnant. Il entra sur son invitation et apercevant la chatte, lança :

– Te voilà, coquine !

– Tu vois ! Elle est revenue !

– Où était-elle, à ton avis ?

Son amie haussa les épaules :

– Je n'en sais rien... Allez, descendons. Je vais te faire un bon chocolat chaud, bien épais, comme tu l'aimes !

Angel sourit.

24

Dans la cour, les oiseaux chantaient l'aube. Les premiers rayons du soleil se glissèrent dans l'atelier. José Pacheco attendait ses élèves avec impatience. Il avait décidé de confier à Juan et à Angel une partie de la réalisation de *La Naissance du Christ*. Le maître avait eu l'idée de sa composition pendant la nuit. On y verrait Joseph, Marie et un berger assis en cercle autour de Jésus. Ils seraient tous serrés les uns contre les autres, et un agneau se faufilerait entre eux. La scène serait éclairée par une bougie, qui diffuserait sa lumière chaude sur les visages. Mais l'élément le plus lumineux du tableau serait l'enfant. On devrait avoir l'impression que le petit Jésus rayonne.

José Pacheco peindrait les figures et certains détails délicats, mais il confierait à Juan et Angel les corps des personnages, l'agneau et le fond du tableau.

– Ah, Maria ! Te voilà ! Dégage la grande table ! ordonna-t-il.

Le maître voulait de la place pour exposer son nouveau projet aux peintres. La jeune fille empila les dessins épars et les rangea dans l'un des grands tiroirs de la commode. Du coin de l'œil, elle observait don José, qui crayonnait sur une feuille. Il était particulièrement excité. Que préparait-il ?

Enfin, les garçons arrivèrent. José Pacheco leur expliqua ce qu'il attendait d'eux. Angel parut ravi, mais le visage du compagnon se ferma.

– Ce n'est pas normal, je devrais faire plus qu'Angel, lâcha-t-il d'un ton coupant.

– Les délais sont courts, j'ai besoin de tout le monde, répliqua don José.

Visiblement irrité par la remarque de Juan, il ajouta :

– La jalousie n'a pas sa place dans un atelier. Nous sommes une équipe, nous œuvrons tous ensemble ! Et, maintenant, au travail.

Maria, qui avait suivi la scène, échangea un regard de connivence avec Angel. Ils étaient contents de l'intervention du maître. Juan n'avait eu que ce qu'il méritait.

– Venez par ici, reprit don José. Je vais vous parler de la composition du tableau.

Le peintre dévoila aux garçons les esquisses qu'il avait tracées quelques instants plus tôt. Maria s'arrangea pour y jeter un œil, sans rien perdre des explications du maître.

– Au milieu du tableau, l'enfant Jésus. Vous savez pourquoi ?

– Parce que le regard est toujours attiré vers le centre, répondit vivement Angel.

– Exactement ! Maintenant, observez !

José Pacheco traça deux traits en diagonale du tableau et un autre, horizontal, partageant la feuille en deux. Ils se croisaient en un point : l'enfant Jésus.

– Toutes ces lignes vont converger vers le bébé, commenta le maître. C'est lui le personnage principal. Joseph, Marie et le berger seront comme nous, ils auront les yeux fixés sur Jésus. Nous peindrons Joseph au premier plan. Il faudra qu'il soit plus grand que les autres.

– Bien sûr, c'est la loi de la perspective, intervint le compagnon avec suffisance. Ce qui est proche doit être grand, pour créer l'illusion que le tableau est en relief.

– Puisque tu es si fort, Juan, dis-moi quelle couleur choisir pour le peindre.

Ce dernier fronça les sourcils sans répondre.

– Tu vois que tu ne sais pas encore tout ! Vous prendrez une couleur chaude, du rouge, par exemple. Ainsi, on croira que Joseph est tout près ! Si vous choisissiez une couleur froide, on aurait l'impression qu'il est en retrait.

Maria écoutait avec attention, en essayant de tout mémoriser. Les couleurs chaudes, les couleurs froides, elle avait appris ce que c'était ; mais la perspective !

C'était la première fois qu'elle entendait ce mot. Les paroles du maître lui ouvraient des horizons ; et elle avait tant à apprendre ! Elle aurait bien voulu emprunter l'un des livres de José Pacheco. Le peintre gardait dans sa chambre deux gros volumes reliés rouge et or. Elle les avait vus en faisant le ménage. Mais jamais elle n'oserait les lui demander...

– Maria ! Tu rêves ou quoi ? s'exclama le peintre.

La jeune fille sursauta.

– Il y a les pinceaux à laver, va donc t'en occuper !

Maria obéit, déçue : la leçon de peinture avait été bien courte...

Les pinceaux nettoyés, la jeune fille entreprit de

ranger l'armoire de l'atelier. Voilà plusieurs jours qu'elle s'était promis de s'y atteler.

Elle aligna les pigments sur une seule étagère, les essences et les colles sur une autre, tria les plumes et les fusains et classa les feuilles de papier par taille et par épaisseur. Certaines étaient bien plus épaisses que les autres. Maria songea que c'était le genre de support qu'elle aimerait utiliser pour le dessin final de sa course de taureaux. Si seulement elle avait pu en prendre une... Non, ce serait du vol. Elle pourrait peut-être l'acheter. Elle glisserait discrètement un ou deux réaux dans la poche du pourpoint du maître. Cela ne devait guère coûter plus cher. Elle décida de revenir à la nuit tombée chercher une feuille. Elle profiterait de ce que l'atelier serait désert pour tracer sa composition... Une bouffée d'excitation l'envahit.

25

Sous les portes, les rais de lumière avaient disparu l'un après l'autre. Maria attendit encore quelques instants pour s'assurer que Juan et Angel dormaient. Lorsque la maison fut tout à fait silencieuse, elle rassembla ses croquis et descendit l'escalier sur la pointe des pieds. Elle s'arrêta un instant devant la chambre de José Pacheco : lui aussi semblait assoupi.

La jeune fille poussa lentement la porte de l'atelier, qu'elle avait pris la précaution de graisser pendant la sieste pour éviter qu'elle grince, et entra dans la pièce. Puis elle alluma sa bougie. Une faible clarté brilla dans la vaste salle.

Elle chercha la grande feuille cartonnée dans l'armoire et la posa bien à plat sur la table. Dans la journée, elle avait fait son choix : elle représenterait l'instant juste avant la mort. On verrait le taureau charger, ses cornes terribles pointées en avant, et le courageux petit cheval aux yeux bandés partir à l'assaut.

Elle prit son fusain et commença à dessiner, appuyant à peine, de peur de se tromper. Au début, sa main tremblait ; puis peu à peu elle gagna en confiance, et ses gestes devinrent plus sûrs. Elle était si concentrée qu'un bruit provenant de la cour la fit sursauter violemment. On aurait dit une porte qui s'ouvrait, ou se fermait. Maria souffla précipitamment sa chandelle et s'accroupit dans la pénombre, le cœur battant. Mais personne ne vint. C'était sans doute le vent... Elle se remit au travail.

Le temps fila sans que la jeune fille s'en aperçoive. L'aube pointait derrière la fenêtre. Il lui fallait arrêter. En quittant l'atelier, Maria crut sentir une présence dans son dos ; cependant elle ne vit personne. Elle monta se coucher à la hâte. Malgré son épuisement, elle eut du mal à trouver le sommeil, tant elle était fébrile.

La nuit suivante, Maria recommença. À la lueur vacillante de sa chandelle, elle dessina le petit cheval courageux affrontant la mort. Elle voulait qu'il ait vraiment l'air de s'élancer vers le taureau, quitte à ce qu'il paraisse un peu déformé. Elle gonfla donc ses naseaux, étira ses jambes, arqua son dos. Se souvenant des paroles du maître, elle représenta le cheval plus grand que le taureau, parce qu'elle le voulait au premier plan : c'était lui le héros. Après quoi, elle s'attarda sur son costume, son caparaçon brodé aux armes du cavalier et sa crinière joliment tressée.

Elle travailla jusqu'à l'aube, comme la veille.

Au moment de partir, de nouveau elle sentit une présence. Cette fois, elle s'arrêta un instant sur le seuil et se retourna. Elle crut voir une ombre bouger dans l'atelier, et son cœur s'accéléra. Elle monta quatre à quatre dans sa chambre et se jeta à plat ventre sur son lit, le souffle court.

Plusieurs nuits d'affilée, Maria dessina dans l'atelier. Ni Juan, ni Angel, ni le maître ne lui ayant fait la moindre remarque, elle conclut que l'ombre entraperçue n'était qu'une vision due à sa fatigue.

Enfin, au petit matin de la cinquième nuit, Maria décida de s'arrêter. Elle n'était pas complètement satisfaite de son travail, mais elle ne savait comment l'améliorer. Tout en rassemblant son matériel de dessin, elle songea combien elle aurait aimé que don José la conseille. Elle roula sa grande feuille sous son bras et quitta l'atelier. Au moment de franchir la porte, elle eut une fois encore la sensation étrange de ne pas être seule.

26

Maria, qui avait peu dormi, se réveilla avec difficulté. Elle s'habilla rapidement et descendit à la cuisine. Comme la maison était silencieuse ! Ce n'était pourtant pas dimanche...

– Les garçons ne sont pas levés ? demanda-t-elle à Ana.

– Ils sont partis. Y a que le maître.

– Ah bon ? Où sont-ils ?

– Don José les a envoyés au couvent de Santa Graciela.

– Tiens ! Pourquoi ça ?

– Qu'est-ce que tu crois ? Pas pour prier !

Maria comprit. Ils étaient sans doute allés copier le tableau que les religieuses venaient de recevoir, et dont le maître avait parlé la veille. Elle soupira.

Quel dommage qu'elle n'ait pu les accompagner ! Elle avala un bol de soupe et se dirigea vers l'atelier.

José Pacheco, penché sur sa table de travail, dessinait d'un air concentré. Lorsque Maria le salua, le peintre leva vers elle ses prunelles bleu sombre :

– Tu tombes bien. Tiens, prends un tabouret et assieds-toi.

La jeune fille s'exécuta, étonnée par la sollicitude inhabituelle du maître.

– Je voulais te parler d'un garçon que j'ai bien connu, commença don José.

De plus en plus surprise, Maria l'écoutait avec attention.

– Ce garçon habitait avec sa famille une petite maison perchée au cœur de la sierra du Guadarrama, reprit le peintre. Il était berger et arpentait chaque jour la montagne avec ses chèvres. Mais, parfois, il laissait ses bêtes à la bergerie et marchait jusqu'au village pour retrouver ses amis. Les distractions étant rares, les jeunes gens s'amusaient à jouer au lance-pierres du haut des remparts du village. C'était à qui tirerait le plus loin. Le berger était très fort à ce jeu-là, et il gagnait souvent, ce qui lui valait l'admiration de ses camarades. Notamment celle du plus petit de la bande, qui s'était proposé pour l'approvisionner en cailloux.

Un soir d'hiver, le gamin décida de sortir du village pour compléter sa récolte et, sans prévenir ses amis, il franchit les remparts. Le berger tira alors une pierre, qui heurta l'enfant en plein front et le tua sur le coup. Le berger ne s'aperçut de rien. Au petit matin, la mère du garçon, inquiète de ne pas voir son fils, partit à sa recherche. Elle retrouva son corps sans vie.

Apprenant la terrible nouvelle, un compagnon du berger courut jusque chez lui pour le prévenir. Aussitôt, ce dernier comprit qu'il l'avait tué. Lui seul était capable de tirer assez loin pour l'avoir atteint. L'horreur que lui inspirait son geste lui causa un tel dégoût de lui-même qu'il s'enfuit dans la montagne.

Le berger grimpa tout en haut de la sierra du Guadarrama et, pendant de longues semaines, n'osa redescendre au village. Il survivait en mangeant des racines et en suçant de la neige. Il faisait si froid que ses orteils gelèrent. La douleur atroce lui sembla une punition méritée. Il espérait même que tout son corps allait geler ainsi, et qu'il finirait par mourir de froid. Mais, finalement, le désir de vivre l'emporta.

Un matin, le berger parvint avec toutes les peines du monde à descendre dans une vallée où personne ne le connaissait. Un rebouteux accepta de soigner ses pieds, tranchant net les orteils morts. Après quelques jours de convalescence, le garçon repartit. Il était maigre comme un clou et boitait. Cependant, surmontant ses souffrances, il marcha jusqu'à une ferme et s'y fit embaucher. De l'aube à la tombée de la nuit, il lavait les auges, les mangeoires, les écuries. Plus il était fatigué, moins il pensait, et c'était ce qu'il désirait. Ses nuits étaient entrecoupées de rêves agités, où il voyait le visage de sa petite victime. Toujours, l'enfant le regardait avec admiration, et c'était pire encore que des reproches !

Une nuit, l'apparition le réveilla en sursaut. Il avait le visage en sueur, et ses mains étaient parcourues de tremblements. Il alluma fébrilement sa chandelle, prit son couteau et s'entailla le bout de l'index. La blessure n'était pas profonde, et il dut appuyer sur son doigt pour faire sortir le sang. Sur le mur de sa chambre, il dessina en rouge le visage du gamin. Le sang coulait à toutes petites gouttes, le mur était rugueux et ses gestes malhabiles. Ce fut long et difficile, mais la figure qui le hantait était désormais sortie de son esprit. Épuisé, il se recoucha et sombra dans un sommeil profond. Les nuits suivantes, le berger recommença l'opération : il s'entailla un doigt et dessina avec son sang le visage de sa victime. La fermière vit les murs barbouillés et s'inquiéta. Qui était ce garçon venu de nulle part ? Un sorcier venu les envoûter ? Elle ne put pourtant se résoudre à le renvoyer, car il travaillait dur sans jamais se plaindre.

Au lendemain de la dixième nuit, il fit son baluchon et quitta la ferme. Il marcha jusqu'à la ville la plus proche et se rendit à la police, à qui il avoua son crime. Un tribunal le jugea et le condamna à deux années de prison.

Dès le premier jour de sa détention, il dessina sur les murs de sa cellule. Il n'utilisait plus son sang, mais un bout de charbon noir qu'il avait ramassé dans la cheminée de la grande salle où les prisonniers prenaient leurs repas. Le sujet de ses dessins n'était plus l'enfant mort, mais les hautes montagnes du Guadarrama, puis ses chèvres, sa mère, son père, ses frères, ses sœurs. Tout ce qu'il avait jadis chéri avant que sa vie ne bascule. Un jour, le prêtre lui apporta du papier et un fusain. À partir de cet instant, le berger consacra tout son temps au dessin.

Enfin, la peine du garçon arriva à son terme. Il avait dix-neuf ans, il était seul au monde, car il n'avait jamais osé revoir sa famille. Mais il savait maintenant ce qu'il voulait faire de sa vie. Il serait peintre !

José Pacheco s'interrompit et regarda Maria :

– Crois-tu qu'il y parviendra ?

La jeune fille hocha la tête en silence.

– Le berger voyagea jusqu'à Madrid, reprit don José. Il se présenta dans le premier atelier qu'il trouva. Il montra ses dessins au maître, qui les regarda rapidement et déclara d'un ton sec : « Nourri, logé, instruit, c'est tout. Chez moi, on ne paie pas. »

Le garçon répondit que cela lui convenait et s'installa chez le peintre.

L'homme était dur et sévère. Quand il n'était pas content, il les frappait, lui et les autres apprentis ; mais le berger supportait. Il aurait supporté n'importe quoi pour apprendre. Huit années passèrent ainsi. Un matin, il quitta son maître et devint compagnon chez un autre. Enfin, il eut son propre atelier.

Maria pressa ses paumes l'une contre l'autre. Elle était troublée et touchée tout à la fois. C'était sa propre vie que don José venait de lui raconter, elle en était certaine, et ces révélations étaient une marque de confiance. Mais pourquoi s'était-il ainsi confié à elle ?

Don José emprisonna les mains de Maria entre les siennes :

– Il m'arrive encore souvent d'avoir du mal à dormir. Alors, je vais à l'atelier. J'aime être au milieu de tous ces tableaux inachevés. Parfois, je me dis qu'ils vont prendre vie... Oui, je sais, c'est une drôle d'idée ! Allez, file me chercher tes dessins !

Maria comprit : il l'avait observée ! Il avait été là, toutes ces nuits ! C'était lui, cette présence invisible qu'elle avait sentie dans la pièce. Elle se leva et courut jusqu'à sa chambre.

La chatte la regarda glisser ses mains sous le matelas, en extraire les dessins et se précipiter vers la porte. Depuis le seuil, Maria lui lança un baiser joyeux du bout des doigts. Bien sûr, la jeune fille avait peur, mais l'espoir gonflait son cœur.

José Pacheco étala les feuilles sur la grande table, puis contempla les croquis. C'était bien ce qu'il avait cru déceler à la lueur de la bougie : sans avoir rien appris, Maria avait saisi l'essence de ce travail.

– Tu dessines ce que tu vois, ce que tu sens...

Sa phrase resta en suspens. Il parut réfléchir, puis ajouta :

– Et tu vois et sens beaucoup de choses... beaucoup !

Maria était fébrile. Le peintre reprit :

– Cette course de taureaux ne plaira pas à tout le monde, c'est certain... Ton taureau est un colosse, pourtant il n'a même pas l'air méchant. C'est juste une pauvre bête qui se défend. Pareil pour ton petit cheval, on dirait qu'il a flairé la mort. Ce n'est pas ce que l'on a l'habitude de représenter...

– Et à vous ? s'enquit Maria.

– Moi, il me plaît, ton dessin ! Pourtant, tu as une curieuse manière de t'y prendre. Tes bêtes sont toutes tordues...

– Je les ai vues comme ça ! se défendit doucement Maria.

– Hum ! C'est bien ce que je dis : tu peins ce que tu vois ! Mais il y a des règles en peinture, il faut les connaître.

– Vous voudriez me les apprendre ?

– T'apprendre à dessiner ?

Maria hocha vivement la tête.

– Ce n'est pas un métier pour une fille.

– Cela m'est égal ! Don José, je veux devenir peintre ! Je le veux plus que tout au monde !

Le maître sourit. Il la comprenait ! Il réfléchit rapidement. La fille avait du talent, c'était certain. Il y avait une telle vie dans ses dessins ! Il ne pouvait lui refuser ses conseils ; au moins ses conseils.

– Je t'aiderai, mais à une condition !

– Laquelle ?

– Que tu arrêtes de travailler à la chandelle ! Tu vas finir par te tuer les yeux, à force...

Maria éclata de rire :

– Promis !

– Alors, attends-moi là.

Le peintre claudiqua vers le fond de l'atelier et

fouilla l'un des tiroirs de la commode. Il en sortit une épaisse feuille cartonnée, qu'il tendit à Maria.

– On me l'a rapportée de Florence. C'est la copie d'un tableau de Botticelli, un grand maître italien.

La gravure, en noir et blanc, représentait une femme drapée d'une robe légère qui posait la main sur une créature fantastique, mi-homme, mi-animal.

– C'est Minerve, la déesse de la sagesse et de la guerre, en train d'apprivoiser un centaure, reprit José Pacheco. La toile doit être superbe, et je regrette de n'avoir jamais eu l'occasion de la voir. Observe les vêtements de cette femme, suis chaque pli, chaque ombre de sa robe, chaque broderie. Après, copie !

Maria laissa paraître sa surprise :

– Vous voulez que je copie cette gravure ?

– Seulement la robe, pour commencer.

– Mais pourquoi copier un tableau, plutôt que représenter la réalité ?

– Parce que c'est la réalité de Botticelli ! expliqua le maître. Inspire-t'en, imprègne-t'en, retrouve le chemin suivi par sa main et son esprit. Il n'y a pas meilleure école !

– Et pourquoi pas le centaure ?

– Mais oui, si tu veux ! Va pour le centaure, fit-il.

Puis il plongea la main dans la poche de son pourpoint et en sortit une pièce de deux réaux :

– Chez moi, le papier est gratuit pour les peintres. Reprends ta pièce.

Maria rougit, puis osa enfin prononcer les mots qui lui brûlaient les lèvres :

– Maître, accepteriez-vous de me prêter vos livres ?

– Tu sais lire ? s'exclama-t-il, très étonné.

– J'ai appris toute seule quand j'étais petite, dans le livre de messe.

Don José hocha lentement la tête, admiratif :

– Décidément, tu es quelqu'un de spécial ! Va les chercher dans ma chambre.

Été-Automne-Hiver 1650

27

Les quelques mois qui suivirent furent pour Maria une période très heureuse. Elle avait si bien copié le centaure que don José lui avait aussitôt donné d'autres œuvres à reproduire. Elle découvrit ainsi petit à petit toutes les merveilles du tiroir de la commode : des gravures des plus grands peintres italiens, français, flamands, espagnols. Quand le maître avait le temps, il lui racontait la vie de ces hommes extraordinaires : Léonard de Vinci, Raphaël, Rubens, le Titien...

La jeune fille se levait encore plus tôt que d'habitude pour dessiner avant de faire le ménage. Elle s'installait à une petite table dans un coin de l'atelier, avant l'arrivée des garçons. Malgré tout, ces derniers ne tardèrent pas à découvrir son travail. Leur réaction à tous deux fut la surprise ; mais, si Angel sembla content, il en fut tout autrement de Juan. Dès lors, son attitude à l'égard de Maria fut plus froide et plus sèche que jamais. Elle ne s'en offusqua pas. Elle n'avait pas besoin de son approbation. Les encouragements d'Angel, et surtout ceux du maître, lui suffisaient.

Cependant, Maria se lassa bientôt des gravures en noir et blanc. Elle voulut imiter les autres : aller dans les églises, copier de vrais tableaux en couleur. Elle implora le maître de la laisser sortir, il hésitait toutefois, à cause de la Guilde. Si l'on apprenait que la bonne de don José s'initiait à la peinture, on viendrait certainement lui causer des ennuis. Mais Maria insista tant qu'il finit par céder, et lui permit de se rendre à l'église San Jeronimo el Real. Le prêtre était un bon ami à lui, il resterait discret, et c'était tout près de l'atelier.

– Il y a une Annonciation sur le mur du fond. Tu reproduiras les ailes de l'ange Gabriel... Seulement les ailes, sinon tu y serais encore demain matin ! Et à la plume. Je crois que tu t'es déjà entraînée à cette technique. Sois de retour à midi !

Maria se sentit pousser des ailes, comme celles de l'ange Gabriel.

Elle revint à l'heure dite, le sourire aux lèvres. Elle avait profité de sa sortie en ville pour aller chez un marchand de papier s'acheter un carnet, où elle avait fait une rapide copie de l'ensemble du tableau, rien que pour elle.

Quelques jours plus tard, la jeune fille demanda de nouveau au maître l'autorisation d'aller copier un tableau. Son enthousiasme et la qualité des ailes de l'ange Gabriel eurent raison des dernières réticences de José Pacheco.

Durant tout l'été, une fois par semaine, Maria se promena dans Madrid. Elle fourrait dans un sac de toile son carnet, une plume d'argent, quelques bâtonnets de fusain, des feuilles de papier, et se rendait dans les églises, les couvents et les monastères de la ville, copier un ou plusieurs détails d'un tableau. Elle choisissait toujours des animaux : une biche, un cerf, un chien, un chat, un oiseau... Même s'ils étaient représentés en tout petit sur la toile, la jeune fille les préférait à n'importe quel autre motif.

Le soir, elle racontait ses escapades à la chatte : « Tu sais, avant, j'avais peur de Madrid... Mais si tu me voyais maintenant ! Je me faufile partout, je connais les rues comme ma poche. Quelquefois, je m'arrête pour écouter les joueurs de tambourins, ou je regarde galoper les *caballeros*[1] sur la place d'Armes. Aujourd'hui, deux hommes se battaient en duel sur la Plaza del Moro. C'était terrible... J'ai eu si peur d'en voir un transpercer l'autre de son épée que je me suis sauvée... »

Un jour, de retour du couvent Santa Clara, où le maître l'avait envoyée copier le serpent du *Jardin d'Éden*, Maria fit une rencontre inattendue. Son regard avait été attiré par une affiche rouge et jaune, collée sur un mur. On y voyait un lion rugissant juché sur un tabouret et, autour, l'inscription suivante :

Grande Ménagerie Africaine Ambulante :
lion de la Savane, renard du désert,
serpent à sonnettes
et autres bêtes terrifiantes
venues d'ailleurs.
Ici même et très bientôt.
Guettez notre arrivée !

– Comme j'aimerais venir les voir ! s'écria la jeune fille.

C'est alors qu'une voix étrangement familière grommela :

1. Cavaliers.

– Ne rêve pas, petite ! Le spectacle a été annulé !

Maria regarda l'homme qui venait de parler :

– Francisco !

C'était bien le marchand de neige, avec son regard doux sous son chapeau noir et sa barbe en broussaille.

– La petite fugueuse ! fit-il en levant les bras au ciel.

L'homme semblait vraiment ravi de la voir. Il fut tout heureux d'apprendre qu'elle avait obtenu une bonne place grâce au père Pablo. À son tour, Maria l'interrogea.

– Fini la neige ! dit-il. Ça ne rapportait pas assez, ma femme n'était pas contente. Je suis toujours sur ma charrette, mais c'est plus des tonneaux que je transporte...

Il baissa la voix, se pencha vers Maria et chuchota, mystérieux :

– ... c'est des fauves, exactement ceux de l'affiche !

La jeune fille le regarda avec stupéfaction. Francisco pointa le lion du menton :

– Celui-là est mort pendant le transport. Dommage, c'était le clou du spectacle ! Ils attendent qu'on leur en livre un autre, mais, cette fois, c'est pas moi qui irai le chercher. Pas question ! J'étais descendu jusqu'à Gibraltar avec ma charrette pour récupérer l'autre. Sur le quai, ils m'ont refilé la caisse sans rien dire. J'ai tout de suite compris, rien qu'à l'odeur : la bête était crevée ! Si ça se trouve, ils ne lui avaient même pas donné à boire sur le bateau. Tu te rends compte, depuis l'Afrique ! Quel gâchis !

« Et quelle cruauté », songea Maria en imaginant la souffrance du pauvre lion. Cependant, elle était fascinée par l'idée de ces grands fauves, venus de si lointaines contrées.

– Si tu veux, à la prochaine livraison, je te montrerai ma cargaison ! Si ton patron est d'accord, je pourrai même t'emmener chez un collectionneur de bêtes sauvages !

– Oh oui ! J'aimerais tellement !

– Je laisserai un message au père Pablo pour te prévenir.

À partir de ce jour, Maria passa régulièrement à l'église San Nicolas, dans l'attente d'un signe de Francisco.

28

Au début de l'automne, José Pacheco enseigna à Maria l'usage des couleurs. Il lui apprit à manier brosses et pinceaux sur la toile pour y déposer la peinture, lui montrant dans quel ordre et comment colorer les visages, les cheveux, les corps, les vêtements... Peindre pour de bon ! La jeune fille, qui en rêvait depuis si longtemps, écoutait les explications avec attention. Elle était avide d'apprendre et recueillit ces leçons comme une terre desséchée absorbe la pluie. Parfois, pour en savoir davantage, elle se plongeait dans les livres empruntés au maître.

Le dernier dimanche du mois de février, don José frappa à la porte de Maria, tôt le matin.

– Oui ?

– C'est Pacheco. Couvre-toi bien et viens me rejoindre à l'atelier ! Nous sortons !

Sans poser de questions, la jeune fille s'habilla chaudement, s'emmitouflant dans plusieurs épaisseurs de châles, et descendit.

– Nous allons à l'église San Ginès. Prends de quoi travailler.

Maria sourit, ravie. C'était la première fois que le maître l'emmenait dessiner en ville. Elle s'empressa de glisser fusains et papier dans sa sacoche.

Dehors, il gelait à pierre fendre. En décembre et janvier, les journées avaient été ensoleillées, presque tièdes. Puis, du jour au lendemain, la température avait chuté brutalement, figeant l'eau dans les brocs et les bassines des maisons. Février s'achevait, glacial.

Le peintre et son élève se hâtèrent dans les rues presque désertes. Il leur fallut une bonne demi-heure pour atteindre San Ginès, situé à l'autre bout de la ville, tout à fait à l'ouest. Le maître poussa la lourde porte de l'église et alla se poster face à un grand tableau.

– Voilà saint Georges terrassant le dragon ! déclara-t-il.

Maria recula d'un pas pour mieux examiner la toile. Elle connaissait l'histoire de ce saint courageux qui, pour sauver une princesse, avait transpercé un terrible dragon avec sa lance, et le tableau lui plaisait beaucoup.

– Regarde bien la bête, lui conseilla don José. Je voudrais que tu la copies sur une toile.

– Sur une toile ? Vous voulez dire... avec de la peinture ?

Le maître fit signe que oui. Une bouffée de joie submergea la jeune fille.

De retour à l'atelier, Maria se mit immédiatement au travail, sous l'œil attentif de José Pacheco. Toute la journée, elle peignit de mémoire, sans même prendre le temps de déjeuner. À la nuit tombée, le dragon était achevé. Le maître posa la main sur l'épaule de son élève.

– Maintenant, va dans la cuisine, ordonna-t-il. Prépare-toi quelque chose à manger et monte te coucher.

Maria obéit sans rien dire. Elle brûlait de savoir ce que don José pensait de son travail, mais elle n'osa pas le lui demander.

Resté seul dans l'atelier, José Pacheco médita un long moment devant la peinture de Maria, observant l'effrayant dragon vert, ses pics, ses pointes, ses crocs, ses griffes, ses pattes tordues, sa queue en vrille, ses ailes raides. Beau, et laid à faire peur. Le monstre de Maria était encore plus terrifiant que l'original !

Il ne s'était pas trompé, cette enfant était réellement douée. Il mourait d'envie de la faire travailler sur la fresque destinée aux religieuses de Séville... Seulement, si la Guilde des peintres l'apprenait, il serait sanctionné et écoperait sans doute d'une amende. La corporation ne badinait pas avec le règlement. Seuls les apprentis enregistrés étaient autorisés à peindre. Prendrait-il tout de même ce risque ?

Cette nuit-là, don José eut encore plus de mal que d'habitude à trouver le sommeil.

Printemps 1651

29

– Maître ! Maître ! Regardez ce que Pepa nous amène ! s'exclama Maria.

Elle désignait la jeune femme qui traversait la cour en traînant derrière elle un agneau tout blanc.

Don José posa son pinceau et s'approcha de la fenêtre :

– Ah ! Voilà la bête !

Comme il ouvrait la porte de l'atelier, Pepa aperçut le peintre et s'avança vers lui.

– Il n'est pas bien dodu, mais c'est tout ce que j'ai trouvé. On n'est que début mars, les brebis n'ont pas encore mis bas...

– Aucune importance ! Je n'ai pas l'intention de le manger.

Pepa fronça les sourcils :

– Qu'est-ce que vous allez en faire, alors ?

– Le peindre !

Un sourire amusé se dessina sur le visage de la jeune femme :

– J'aurais dû m'en douter ! Dévorer un agneau entier alors qu'on n'est même pas à Pâques, ce n'est pas le genre de la maison. Il n'y a que chez les bourgeois qu'on s'offre un tel luxe !

L'animal se mit à bêler et à tirer sur sa corde. Pepa le confia à don José, qui appela sa bonne à la rescousse :

– Maria, tu peux m'aider à faire tenir cet animal tranquille ?

Ensemble, ils conduisirent l'agneau apeuré dans l'atelier et l'attachèrent au pied d'une table. Juan et Angel étaient absents ce matin-là. Le maître les avait envoyés livrer plusieurs toiles en ville, et ils ne rentreraient qu'en fin de journée. Le silence de l'atelier et les paroles rassurantes de Maria apaisèrent bientôt l'animal ; il cessa de s'agiter et se coucha.

– Voici notre modèle pour *La Naissance du Christ*, expliqua don José.

– Qui va peindre l'agneau ? Juan, Angel ou vous ? demanda Maria avec curiosité.

– J'ai pensé que tu pourrais essayer de t'en charger, si cela t'intéresse...

Elle écarquilla les yeux.

– Moi ? Peindre l'agneau ? s'écria-t-elle.

Don José hocha la tête en souriant :

– Pourquoi pas ? À condition toutefois que tes esquisses me plaisent... Tu vas t'y mettre tout de suite.

Maria le remercia. C'était tellement inattendu, tellement inespéré ! Il fallait à tout prix qu'elle se montre à la hauteur.

La jeune fille crayonna des ébauches une partie de la matinée, sous l'œil discret mais attentif de don José. Plusieurs fois, le peintre la surprit, accroupie près de l'agneau, chuchotant à son oreille. L'animal semblait l'écouter et changeait de position.

À midi, Maria apporta ses esquisses au maître. Il y en avait une douzaine. Le peintre les examina toutes. Certaines étaient ratées, d'autres presque bonnes. Dans le lot, une seule était réussie. On y voyait l'agneau debout, le museau levé, l'air de regarder quelque chose avec adoration. Don José pointa le dessin du doigt.

– Celui-ci ! L'attitude est parfaite. Tu peindras l'agneau dans cette position en t'inspirant de ton croquis. Maintenant, va vite déjeuner et mets-toi au travail dès que tu auras fini.

L'agneau comme un écho se mit à bêler, car il commençait à avoir faim. Maria, tout à sa joie, tourna vers lui des yeux brillants d'excitation. Peindre ! Elle allait participer à la réalisation d'un tableau aux côtés de maître Pacheco.

La jeune fille travailla tout l'après-midi sur la toile, si concentrée et passionnée que le temps fila sans qu'elle s'en aperçoive. Il était près de cinq heures lorsque la porte de l'atelier donnant sur la rue claqua. Maria et don José se retournèrent : Juan venait de rentrer. La jeune fille, qui n'avait pas terminé l'agneau, s'empressa de reposer son pinceau et fit mine d'examiner le tableau. Le compagnon était toujours aussi agressif avec elle, et elle devinait qu'il n'apprécierait guère la nouvelle responsabilité que le maître lui avait confiée.

Le regard soupçonneux de Juan l'inquiéta. Avait-elle été assez rapide ? Se pouvait-il que le compagnon l'ait surprise le pinceau à la main ?

Elle se tourna vers le maître et remarqua son air tendu. Elle comprit alors que don José partageait ses craintes. D'ailleurs, pour couper court aux éventuelles questions de son compagnon, le peintre s'exclama :

– Te voilà ! Où est Angel ?

– Il traînaille, répondit Juan avec raideur.

– La livraison s'est bien passée ?

Juan hocha brièvement la tête, l'air maussade et visiblement peu disposé à parler. Il s'approcha du chevalet et examina la toile destinée à l'église de Séville.

– Alors, comme ça, vous avez peint l'agneau aujourd'hui ! déclara-t-il finalement.

Don José acquiesça. Il ne voulait pas d'ennuis avec le jeune homme, surtout pas en ce moment, où ils avaient tant à faire à l'atelier. Cependant, il aurait juré que Juan n'était pas dupe. Maria avait une manière bien à elle de peindre. Une bien jolie manière, d'ailleurs. Son agneau était beau et émouvant, avec son regard doux. Si Juan n'était pas rentré si tôt, elle aurait pu l'achever tranquillement.

Le maître attendit qu'il s'éloigne pour parler à Maria :

– Tu termineras demain matin. En attendant, va prendre l'air, tu en as besoin.

La jeune fille obéit sans mot dire. Elle monta dans sa chambre chercher son châle, et en profita pour embrasser Mimosa qui dormait tranquillement, roulée en boule sur le lit. Puis elle redescendit et quitta la maison du peintre.

Dehors soufflait un vent glacial. Maria marchait sans but précis, de façon presque mécanique, tant elle était préoccupée. Don José aimait-il son agneau ? Il ne lui avait rien dit ; mais lui aurait-il demandé de finir son travail s'il l'avait trouvé mauvais ?

Les pas de la jeune fille la conduisirent à proximité de l'église San Nicolas. Depuis sa rencontre avec Francisco, elle s'y rendait souvent, dans l'espoir de trouver un message. Comme à son habitude, le prêtre l'accueillit avec chaleur. Et, cette fois, il avait une bonne nouvelle à lui annoncer :

– Ton ami le charretier est passé. Il te donne rendez-vous dimanche, à l'heure du coq, *puerta* Cerrada [1].

Cette perspective enchantait Maria. Dans six jours, elle verrait les animaux venus d'ailleurs. Pourvu qu'elle puisse les dessiner !

Le père Pablo, qui s'était pris d'affection pour la jeune fille, lui demanda ce qu'ils comptaient faire tous les deux.

– Nous allons voir des bêtes sauvages !

Le prêtre fronça les sourcils :

– Ah oui ? Et où donc ?

– Chez un collectionneur que Francisco connaît, à l'extérieur de la ville. Mais ne vous inquiétez pas, les animaux seront en cage.

– Prends tout de même garde à toi.

Maria opina, touchée par la sollicitude du prêtre.

Comme la nuit tombait déjà, elle rentra rapidement calle Cantarranas.

1. C'est une des portes de Madrid.

Avant de monter se coucher, elle s'arrêta à la cuisine, où elle avala un bol de la soupe qu'Ana avait préparée pour le déjeuner. La jeune fille rassembla ensuite quelques restes pour Mimosa et monta dans sa chambre.

La chatte n'était plus là ! Maria était pourtant persuadée d'avoir laissé la porte de sa chambre fermée. Et la lucarne était close à cause du froid. Comment avait-elle pu sortir ? Troublée, la jeune fille ouvrit la petite fenêtre et examina les toits des maisons alentour. Mimosa ne s'y trouvait pas. Elle l'appela plusieurs fois, sans succès.

Maria décida de ne pas trop s'inquiéter. Après tout, ce n'était pas la première fois que la chatte passait la nuit dehors. Elle espérait seulement que sa fourrure lui tiendrait assez chaud.

30

Lorsque Maria se réveilla, son premier geste fut d'ouvrir la lucarne pour appeler la chatte. Elle n'osait cependant pas crier trop fort, de crainte de réveiller Angel, et surtout Juan. Elle devait être seule à l'atelier pour terminer son agneau.

Malgré les appels répétés de sa maîtresse, Mimosa n'apparut pas. Maria referma la fenêtre et entreprit de s'habiller.

Elle se rendit ensuite directement à l'atelier, et alla se camper devant le tableau. L'agneau, son agneau, était là, le museau posé sur le berceau de l'enfant Jésus. Elle l'examina d'un œil critique. La laine n'était pas aussi soyeuse qu'elle le voulait ; il faudrait qu'elle y travaille. Et il manquait encore quelques détails : l'oreille et le museau étaient inachevés.

Le regard de Maria glissa sur la Vierge Marie. Là où, la veille encore, il n'y avait qu'un ovale vide, le maître avait dessiné un visage, une figure douce et mélancolique aux yeux d'un beau vert pâle. Maria pensa à sa mère. Dans son souvenir, ses yeux étaient exactement de la même couleur...

– J'avais l'intention de prendre Sofia la muette pour modèle, mais j'ai changé d'avis.

Maria se retourna vivement :

– Oh ! Vous êtes là, maître. Je ne vous avais pas vu.

– J'ai peint le visage d'une femme que j'ai aimée jadis... Je l'ai perdue, ajouta-t-il.

La jeune fille sentit la tristesse percer dans la voix de don José.

– Pas tout à fait, puisqu'elle est là, murmura-t-elle avec douceur.

– Tu as raison... Tu sais, c'est curieux, mais tu lui ressembles. Je ne sais pas si ce sont tes traits ou ton expression. Peut-être un peu des deux.

Touchée et troublée par les paroles du peintre, Maria baissa les yeux.

Un bruit de pas résonna alors, qui les fit se retourner à l'unisson. Un homme venait de pénétrer dans l'atelier. Le cheveu noir, la taille haute, l'air imposant, il avançait vers eux. José Pacheco reconnut Felipe Olivares, le marchand de tableaux.

– Toujours aussi matinal, Felipe ! s'exclama le peintre.

Comme ils se serraient la main, le visiteur aperçut le tableau posé sur le chevalet.

– Tiens, tiens ! Pas mal !

– C'est une commande d'un couvent de Séville, lui apprit don José.

– Bravo ! s'écria le marchand. Ta renommée s'étend au-delà de Madrid ! Je te l'avais bien dit...

Il donna une grande claque sur l'épaule du peintre.

Felipe Olivares connaissait don José depuis deux ans, et suivait attentivement son travail. Il lui avait déjà passé plusieurs commandes, et acheté cinq toiles, qu'il avait revendues à des Anglais, friands de peinture espagnole.

– Comment le trouves-tu ? demanda José Pacheco.

– L'agneau est splendide. Sans vouloir te vexer, je ne reconnais pas ton coup de pinceau. Qui l'a peint ?

Maria retint sa respiration.

– Un élève, répondit le maître, évasif.

– Très prometteur ! apprécia le marchand. Écoute, j'ai un client qui cherche une *Arche de Noé* pour décorer son salon. J'ai pensé à toi...

– Qui est ce client ?

– Secret professionnel. Un proche de la cour, si tu veux le savoir. Il donne une grande réception le mois prochain, à la fête de Pâques, et pour cette occasion il voudrait un tableau.

– C'est court comme délai.

– Mon client est prêt à payer en conséquence.

– La taille de la toile ? s'enquit don José.

– Géante : quatre mètres sur trois ! Sa maison est vaste et haute de plafond.

– Combien de personnages ?

– Une dizaine d'humains, une trentaine d'animaux.

– C'est beaucoup. Je dois faire mes calculs. Repasse demain, je te donnerai le prix.

– Fort bien, maître ! Et profites-en pour faire travailler ton petit prodige !

José Pacheco raccompagna Felipe Olivares à la porte. Le peintre était ravi. Le marchand de tableaux lui avait toujours apporté de bonnes affaires. Cette fois, il lui offrait l'occasion de faire connaître l'atelier dans tout le royaume. Une commande d'un proche de la cour ! Si le tableau plaisait, c'était le succès assuré.

Et puis, il y avait sa réaction face au travail de Maria. Felipe Olivares était un excellent juge ; il savait également ce qui plaisait à la clientèle madrilène et étrangère. Il vendait des tableaux à travers toute l'Europe, négociant avec Paris, Londres, Rome, et même Florence, la grande capitale de l'art. Le maître ne s'était pas trompé à propos de la jeune fille. Quel dommage qu'il ne puisse la faire travailler sur cette nouvelle commande ! Désormais, il ne voulait plus prendre de risque. Angel garderait le silence mais Juan ? Si ce dernier les dénonçait, la peine infligée par la Guilde allait être sévère : en plus de l'amende, on lui confisquerait le tableau, très certainement. C'est ce qui était arrivé à maître Mazo, le mois dernier, lorsque, au mépris des tarifs préconisés par la Guilde, il avait exigé de son client un prix exorbitant pour l'un de ses tableau.

Juan entra dans l'atelier. Maria remarqua son visage crispé, puis elle aperçut l'estafilade sur son cou maigre. Il en avait d'autres sur les mains, qu'il essayait tant bien que mal de dissimuler. Des griffures ? Aussitôt, elle songea à la chatte qui n'était pas rentrée. Se pourrait-il que Juan... Maria se rappela soudain l'odeur de tabac qui imprégnait la fourrure de Mimosa après sa première fugue. Et s'il s'était agi non pas d'une fugue, mais d'un enlèvement ? Et si Juan, ce jour-là, l'avait capturée ? Mais pourquoi, sinon pour faire de la peine à sa maîtresse ? Or, depuis hier, il avait une bonne raison d'en vouloir à Maria...

Elle sortit précipitamment de l'atelier et grimpa l'escalier quatre à quatre. Elle s'alarma quand elle trouva la porte de sa chambre grande ouverte, puis se rassura en découvrant l'animal tapi dans un coin de la pièce.

– Mimosa ! Mimosa ! chuchota-t-elle.

La chatte était terrifiée et ne bougeait pas. La jeune fille s'approcha lentement, tendit la main et, tout doucement, caressa son dos raidi par la peur.

Peu à peu, Mimosa se calma et ses muscles se relâchèrent. Maria la prit dans ses bras et la serra contre son cœur :

– Te revoilà enfin ! Que t'est-il arrivé encore ?

Elle sentit de nouveau sur sa fourrure l'odeur sucrée du tabac de pipe, ce qui confirma ses soupçons : si la chatte n'était pas rentrée la veille au soir, c'était parce que Juan l'avait retenue prisonnière. En caressant le félin, Maria devina sur ses flancs des renflements inhabituels. Elle examina son ventre : Mimosa avait les tétines toutes gonflées !

– Mais... tu attends des petits !

Était-ce là l'œuvre du matou blanc que Maria avait souvent aperçu par la lucarne ? Et combien y avait-il de nouvelles petites vies dans ce ventre ? Elle se remémora le visage d'Ignacia Botin... Ces chatons-là naîtraient à l'abri de la méchanceté de l'aubergiste. Mais Juan ? Elle devait à tout prix protéger la chatte et les petits qu'elle portait.

31

Francisco attendait Maria avec impatience, assis sur sa charrette. Par bonheur, la bise glaciale qui soufflait depuis le début de la semaine était tombée. L'air était moins froid, mais le ciel restait limpide.

– Te voilà enfin ! J'ai cru que tu avais changé d'avis ! Allez, monte !

La mule partit au petit trot, et l'équipage atteignit bientôt les portes de la ville. La jeune fille exultait à l'idée de revoir les arbres, les champs à l'infini. Elle se demanda à quoi ressemblerait le paysage que don José peindrait sur le tableau de *L'Arche de Noé*. Elle avait vu ses ébauches : plusieurs paires d'animaux marchaient à la queue leu leu dans la campagne en direction de l'arche, située en haut à droite de la toile. Noé guidait le défilé comme un berger. Le maître avait esquissé différents couples de bêtes : chevaux, vache et taureau, cochon et truie, oies, canards, poule et coq. Il avait toutefois signalé à Maria que le client ne se contenterait pas de ce genre d'animaux. « Il veut de l'exotique... », avait-il soupiré. José Pacheco semblait préoccupé par cette demande. Maria avait failli lui parler de Francisco et de son collectionneur de bêtes sauvages. Finalement, elle n'avait rien dit. Elle voulait lui faire une surprise et peut-être... Oui, peut-être accepterait-il qu'elle l'aide en secret.

La charrette quitta la route principale pour un chemin étroit, caillouteux et pentu. Depuis près de deux heures, ils n'avaient traversé aucun village, ni aperçu aucune maison.

– La première fois que je suis monté chez le señor Colón, j'ai cru rendre visite au diable en personne ! plaisanta Francisco.

– Vous l'avez prévenu, pour moi ? cria Maria par-dessus le fracas des roues. Il sait que je vous accompagne ?

– Je n'ai pas pu. On s'arrangera sur place, ne t'inquiète donc pas !

Au même instant, un cri jaillit dans le dos de la jeune fille. Elle se retourna : la plainte provenait d'une énorme caisse à claire-voie.

– C'est quoi ?

– Un drôle d'oiseau ! Tu verras ! Don Colón l'a fait venir de loin en bateau. Je l'ai réceptionné au port de Malaga.

– Vous croyez qu'il va supporter d'être secoué ainsi ?

– Je lui ai mis de la paille pour amortir les chocs.

Comme ils attaquaient le flanc de la montagne, le chemin se mit à tracer des boucles. Au sommet, ils aperçurent un château flanqué de tours à meurtrières.

– C'est là-haut ! annonça Francisco.

Maria crut deviner la silhouette de sentinelles armées montant la garde. La demeure du señor Colón était bien défendue !

À chaque tournant, la caisse bringuebalait d'un bout à l'autre de la charrette. Francisco regretta de ne pas l'avoir mieux calée. L'énorme volatile valait une petite fortune, et il en avait pris grand soin depuis qu'il l'avait embarqué, lui donnant régulièrement à boire et à manger.

À la fin de la matinée, ils arrivèrent aux portes de la propriété, protégée par un immense mur d'enceinte. On avait dû les voir arriver de loin, car les lourds battants s'ouvrirent aussitôt l'un après l'autre.

Passé cette première muraille, la charrette emprunta une allée plantée de gigantesques mélèzes. Tout au fond se dressait le château-forteresse aux fenêtres tissées de barreaux de fer.

Francisco et sa passagère franchirent bientôt une herse, qu'on hissa à leur passage. Les visiteurs débouchèrent dans une vaste cour pavée, totalement déserte.

Tandis qu'ils mettaient pied à terre, un domestique à la peau noire vint à leur rencontre. Il n'avait qu'un bras.

– Suivez-moi, avec la caisse ! ordonna-t-il.

Francisco chargea péniblement celle-ci sur son dos et obtempéra. Maria lui emboîta le pas. Ils marchèrent jusqu'à une porte basse et voûtée, qui s'ouvrait sur une pièce encombrée de cages métalliques. Francisco déposa la caisse avec précaution sur le sol. L'oiseau, à l'étroit dans sa prison, s'agitait, heurtant les parois.

– Restez ici, fit le serviteur. Je vais prévenir don Colón.

Mal à l'aise, Maria croisa les bras sur sa poitrine. Elle attendait avec inquiétude l'arrivée du collectionneur. Francisco lui tapota l'épaule pour la réconforter.

Le maître de maison apparut enfin. Chauve, de taille moyenne, le corps robuste, il était vêtu d'une culotte de peau de buffle, d'un gilet de laine, de bas et de guêtres de cuir, qui lui donnaient l'allure tranquille d'un gentilhomme de la campagne. Mais ses yeux vifs, sombres et mobiles, profondément enfoncés dans leurs orbites, démentaient cette apparence. Il y avait quelque chose de troublant chez cet homme.

– Alors, cette autruche, Francisco ! Montrez-la-moi ! J'espère pour vous qu'elle est en bon état !

– La voilà, don Colón, fit le charretier en ouvrant la caisse.

L'oiseau géant, replié dans un coin de sa cage, ne bougeait plus du tout. Ses grands yeux bruns tout ronds fixaient ses geôliers avec terreur. Le collectionneur avança prudemment une main gantée de cuir vers l'animal. L'autruche se recroquevilla encore plus.

– Il faut la sortir de là, ordonna-t-il. Je veux vérifier si elle n'est pas blessée.

– C'est que... J'ai pas de gants, moi ! protesta Francisco.

– Débrouillez-vous, ce n'est pas mon problème.

– Je pourrais essayer de l'attirer, proposa Maria.

– Qui est-ce ? voulut savoir don Colón, pointant le menton vers la jeune fille.

– Ma nièce, mentit Francisco.

– Je vais lui parler, insista Maria.

Don Colón haussa les épaules :

– Débrouille-toi, mais je tiens à voir cette autruche !

Maria procéda alors comme avec l'agneau. Elle claqua doucement la langue à plusieurs reprises, tout en approchant la main du volatile. Celui-ci retrouva petit à petit son calme et allongea le cou.

– Tout doux, tout doux, viens... Que tu es belle ! roucoula Maria.

L'autruche, amadouée, fit un pas hors de la caisse. La jeune fille effleura le plumage grisâtre. L'oiseau inclina son long cou et posa l'extrémité de son grand bec plat sur la tête de Maria.

– Vous pouvez l'examiner maintenant, chuchota cette dernière à l'adresse de don Colón. Mais évitez les gestes brusques.

– En voilà une dresseuse ! admira le collectionneur.

Il tourna autour de l'oiseau, vérifiant l'état de ses plumes, de ses pattes, de son bec.

– Belle bête, et elle m'a l'air en forme ! conclut-il, satisfait. Joli travail, Francisco.

Ils regagnèrent la cour, où le serviteur les attendait, raide comme un piquet.

– Bokolé ! Prends le collier et la laisse, et conduis l'autruche dans la chambre de quarantaine ! ordonna don Colón.

Puis, un sourire au coin des lèvres, il s'adressa à Francisco :

– Mon domestique vient d'Afrique, comme presque toute ma collection. Lui aussi, je l'ai mis en quarantaine quand on me l'a livré. Mesure de sécurité élémentaire, n'est-ce pas ?

Francisco ne répondit pas. Il était pressé de toucher ses réaux et de déguerpir. Il regrettait d'avoir emmené Maria avec lui, et espérait qu'elle renoncerait à visiter la ménagerie. Cette forteresse lugubre, cette cour déserte, ce domestique manchot lui donnaient froid dans le dos. Lorsqu'il était venu la fois précédente, il faisait nuit, et il n'avait pas éprouvé cette sensation. Don Colón, qu'il rencontrait pour la première fois, lui avait instantanément déplu, et le charretier n'aimait pas la façon dont il regardait la petite.

– Francisco, votre nièce m'impressionne. Elle sait y faire avec les animaux, je remarque tout de suite ce genre de choses. Je voudrais la garder. Nourrie, logée, payée, cela va sans dire.

Maria se figea. Francisco la prit par le bras.

– C'est trop d'honneur, don Colón, mais elle a déjà un travail en ville. Elle est la bonne du peintre Pacheco.

– Je double ses gages ! insista le collectionneur, en fixant la jeune fille.

Cette dernière, quoique terrifiée, décida de saisir l'occasion. Si près du but, il aurait été vraiment dommage d'échouer. Elle dit à Francisco, d'une voix hésitante :

– Si ça n'ennuie pas don Colón, j'aimerais beaucoup regarder les animaux...

Les petits yeux noirs du chauve pétillèrent. Il semblait ravi.

– Quelle bonne idée ! Vous approuvez, Francisco, n'est-ce pas ?

Le charretier hésita, songeant que ce n'était guère prudent. Mais, comme Maria lui jetait un regard suppliant, il soupira et hocha la tête. Il resterait près d'elle. Et, en cas de besoin, il avait un couteau pliant dissimulé dans la poche.

32

La ménagerie était installée à l'arrière de la forteresse. Pour y accéder, don Colón et ses visiteurs traversèrent un couloir carrelé de marbre noir, qui aboutissait à une épaisse porte en bois, protégée par douze verrous. Le collectionneur les tourna les uns après les autres et ouvrit le battant.

Du regard, Maria balaya le gigantesque espace voûté, pareil à une cathédrale. Sur le sol de terre battue étaient posés d'immenses pots de terre, dans lesquels poussaient des plantes, des fleurs et des arbres inconnus en terre espagnole. Don Colón lui prit le bras :

– Mon sanctuaire ! Ma création du monde à moi ! Venez, ma chère, je vais vous faire visiter.

La jeune fille aperçut alors un oiseau rouge perché dans l'arbre. Ses plumes avaient la couleur du soleil couchant. Le volatile la fixa du coin de l'œil, comme amusé, puis ouvrit grand son bec pour lancer un long cri guttural. Elle sursauta :

– Il a presque une voix humaine !

– Effectivement ! C'est la particularité des aras. Une exception dans ma collection : il vient des Amériques, et non d'Afrique ! N'est-il pas beau ? J'en ai deux, l'autre se cache sans doute dans l'un de ces dattiers. Mon neveu Luis me les a rapportés la semaine dernière. J'espère qu'ils survivront ! Le dernier couple n'a pas tenu plus d'une journée ! Mais, du moment que je peux remplacer les pièces défectueuses... Qu'importe la dépense ! fit-il en plongeant ses yeux perçants dans ceux de Maria.

La jeune fille l'écoutait à peine. Elle observait le dégradé de rouge du plumage de l'oiseau, et se demandait si elle en retrouverait la teinte exacte lorsqu'elle serait de retour à l'atelier.

Colón de Silva la tira par le bras pour l'entraîner plus loin. Maria aurait voulu rester encore. Ne sachant pas si elle aurait l'occasion de sortir son matériel, elle essayait de mémoriser tous les détails.

– Notre famille a fait fortune dans le commerce avec le Nouveau Monde, raconta don Colón. Nous sommes les descendants de Cristobal Colón ! Le fils de mon frère passe sa vie sur un galion. Il fait des allers-retours entre Séville et les Amériques. Moi, je préfère l'Afrique, la savane, le désert... C'est là que se cachent les plus belles espèces.

– Attendez, j'ai vu quelque chose bouger dans l'arbre ! s'exclama Maria.

– Sans doute mon pélican. Il est difficile d'admirer toute ma collection en une seule visite, la plupart de mes créatures se camouflent.

On entendit un grognement. La jeune fille tourna la tête et aperçut une masse sombre, couchée dans l'ombre.

– Et là-bas ? demanda-t-elle.

– C'est mon lion. N'est-il pas splendide ? Je pourrais l'attacher au pied de mon lit comme François Ier, le roi des Français ; mais il est mieux ici, n'est-ce pas ?

– Il dort ?

– Rassurez-vous, une chaîne le retient. Elle est solidement accrochée au mur.

– Je peux m'approcher ?

– Pas trop, cependant. Il déteste être réveillé en sursaut, Bokolé en a fait la douloureuse expérience.

Maria se souvint du serviteur manchot. C'était donc ainsi qu'il avait perdu son bras. Elle en frémit d'épouvante.

– J'aimerais organiser des combats, poursuivait don Colón. Un lion contre un puma, un ara contre un aigle. Ce serait magnifique, bien plus distrayant qu'une course de taureaux !

Maria l'écoutait, horrifiée. Cet homme était fou ! Cependant, elle était fascinée par ces animaux extraordinaires, et il fallait qu'elle prenne ce lion en croquis. Pourvu qu'il se réveille ! Elle ne pouvait le représenter endormi, puisqu'il devait cheminer vers l'arche.

– Venez voir mon lynx. Une belle pièce ! s'écria Colón de Silva.

Maria le suivit jusqu'à une porte métallique.

– Celui-là ne supportait pas la chaîne, il tirait dessus jusqu'à s'étrangler. J'ai dû l'enfermer. Remarquez, il s'y fait. Observez-le par cette petite fenêtre.

Le fauve tournait en rond sans s'arrêter. « Sans doute depuis des heures », pensa Maria. Peut-être depuis qu'il était enfermé. Sa démarche souple, élastique, lui rappela celle de la chatte. Le lynx lui faisait de la peine. Il avait l'air sinistre... Lui aussi, elle devait le dessiner.

– Vous travaillez chez un peintre, m'a dit votre oncle. Est-il reconnu ? A-t-il du succès ?

– C'est l'un des meilleurs de Madrid, lui assura la jeune fille.

– Fort bien ! Alors, je le convoquerai. Je veux qu'il exécute les portraits de mes créatures. L'idéal serait qu'il me dessine, l'ara rouge perché sur mon épaule, au milieu de tous mes animaux.

– C'est une excellente idée, don Colón, approuva Maria.

Puis elle réfléchit rapidement et ajouta :

– Señor... Il se trouve que j'ai justement apporté de quoi dessiner...

– Comment cela ? demanda le collectionneur, abasourdi.

– Eh bien, le maître m'a appris, et...

– Mais votre oncle m'a dit... Vous n'êtes que la bonne !

Confuse, Maria recula. En posant le pied, elle sentit quelque chose de mou sous son soulier. Elle se retourna et découvrit un rongeur qui détalait sur ses longues pattes arrière. Le collectionneur leva les bras au ciel :

– Ma petite gerboise ! Assassine ! Ils sont allés dans le désert pour me la capturer, et maintenant vous l'écrasez !

Francisco, que toute cette ménagerie rendait nerveux, surgit du fond de la pièce, où il avait trouvé refuge. En quelques pas, il fut aux côtés de Maria, prêt à prendre sa défense. Mais don Colón avait subitement retrouvé son calme. Il parlait de nouveau tranquillement, de son ton poli et badin.

– Alors vous dessinez, c'est cela ?

Maria hocha prudemment la tête.

– Eh bien, qu'attendez-vous ? Mettez-vous au travail !

Francisco, qui ne comprenait rien à leur conversation, regarda Maria avec inquiétude. D'un sourire, elle le rassura.

33

Maria posa son stylet de plomb et contempla ses croquis. Elle estimait avoir fait du bon travail. Don Colón avait finalement consenti à la laisser seule dans la ménagerie avec Francisco, et le livreur était resté patiemment assis dans un coin tandis qu'elle dessinait. Le lion avait terminé sa sieste, et elle avait pu le croquer sous toutes les coutures. Elle avait réussi à dessiner l'autruche, en quarantaine. Dans la marge, pour ne pas les oublier, elle avait noté les teintes des fourrures et des plumages.

Du coin de l'œil, la jeune fille vit le collectionneur entrer dans la ménagerie. Alors qu'il s'approchait d'elle, elle rassembla vivement ses croquis et en fit un rouleau. L'homme était si bizarre qu'il pouvait tout déchirer d'un geste rageur si le résultat lui déplaisait.

– Montrez-moi ça ! ordonna-t-il.

– Je suis désolée, je ne peux pas... Ce n'est pas encore terminé...

Les yeux noirs de don Colón se durcirent.

– Petite menteuse ! s'écria-t-il. Je parie que vous ne savez même pas dessiner ! Bokolé va vous faire passer l'envie de vous moquer de moi ! Bokolé ! Bokolé ! À moi ! hurla-t-il, rouge de colère.

Francisco bondit. Il brandit son couteau et le pointa sous le menton du collectionneur :

– Touchez pas à la petite !

– Bokolé !

– Taisez-vous, ou je vous enfonce ma lame dans la gorge ! le menaça le charretier.

Maria jetait des regards inquiets vers l'entrée de la ménagerie. Bokolé allait sûrement accourir ! Que se passerait-il ?

C'est alors qu'elle remarqua une cage vide au pied du mur. Elle la montra du doigt à Francisco, qui comprit immédiatement son idée. Il poussa brusquement don Colón dans le réduit et ferma le cadenas d'un coup sec.

– Vous me le paierez ! hurla le collectionneur, furieux, en agitant le poing.

Maria et Francisco prirent leurs jambes à leur cou et foncèrent vers la sortie. Arrivés dans la cour, ils se précipitèrent dans la charrette. Bokolé surgit, mais déjà le fouet du charretier claquait et la mule s'élançait. Par chance, la herse était restée ouverte. La carriole s'engagea en cahotant dans l'allée de mélèzes. Bientôt, ils franchissaient le portail.

– Sauvés ! lâcha Maria.

– Quel fou ! marmonna Francisco.

– Je suis désolée, vous avez perdu votre meilleur client à cause de moi, s'excusa Maria.

– Ne t'inquiète pas, va ! Alors, tu sais dessiner ?

– Oui, un peu.

– Je suis en ville pour la semaine. Si tu as besoin de moi, laisse un message au père Pablo.

– D'accord.

– Tu sais, j'aurais vraiment aimé avoir une nièce comme toi, déclara Francisco.

– Et moi, j'aurais aimé avoir un oncle comme vous.

Le lendemain matin, Maria, tout excitée, entra dans l'atelier. Elle s'approcha de don José et toussota. Le peintre, concentré sur le croquis d'une vache, ne réagit pas.

– Maître, j'ai quelque chose à vous montrer.

– Ah oui ! Quoi donc ? grommela-t-il.

– Des ébauches d'animaux exotiques...

Le maître leva les yeux vers elle, les sourcils froncés.

– Vous voulez les voir ? demanda-t-elle

Il acquiesça. Maria déroula ses dessins. Don José observa l'autruche, le lion, le lynx, l'ara rouge des Amériques.

– Quelle imagination ! s'exclama-t-il.

– Non ! Pas du tout ! Ils existent vraiment.

– Ah oui ? Et où les aurais-tu dénichés ?

– Ils appartiennent à don Colón. C'est un collectionneur d'animaux exotiques. Un ami m'a conduit chez lui, hier.

Le peintre fixa Maria avec étonnement. Comment s'était-elle débrouillée ? Il ne savait même pas qu'elle avait des amis à Madrid.

– Vous croyez que cela pourrait vous aider... pour votre *Arche de Noé* ? poursuivit la jeune fille.

Le peintre tambourina des doigts sur la table, puis hocha la tête.

– C'est bien possible. Laisse-moi tes dessins.

– Bien sûr, maître, ils sont à vous ! fit-elle, ravie.

Angel s'approcha d'eux :

– Ce sont vos ébauches pour *L'Arche* ?

– Oui ! Je te les montrerai plus tard. Je veux que tu ailles chez l'apothicaire m'acheter des pigments pour terminer *La Naissance du Christ.* J'ai préparé une liste, se hâta de dire le maître.

Angel prit le papier des mains du peintre et s'éloigna lentement. Il savait que don José lui avait menti. Ces dessins d'animaux n'étaient pas de sa main. Il n'employait jamais la mine de plomb pour ses esquisses, préférant le fusain. L'apprenti était prêt à parier que les ébauches étaient l'œuvre de Maria. Ainsi, elle continuait à travailler pour don José, en secret. Tout en marchant vers la boutique de l'apothicaire, le jeune homme pensait à Maria. Il revoyait l'ovale de son visage, son cou gracile et ses longs cheveux noirs déployés sur ses épaules. La veille, il l'avait attendue toute la journée, espérant qu'elle accepterait enfin d'aller se promener avec lui. Il faisait si beau ! Mais elle n'était rentrée que bien après minuit. Et si elle avait un amoureux ? À cette pensée, son estomac se noua.

34

Assis derrière son bureau de l'Académie des sciences, don Esteban tira sur le bouc qui ornait son menton. José Pacheco remarqua ses doigts déformés par l'arthrite et songea que le savant se faisait vieux. Serait-il encore capable de distinguer un fauve d'une chimère ?

Le peintre étala sur la table les dessins de Maria. Le vieillard chaussa ses bésicles et les examina :

– Oh, oh ! Très intéressant !

– Reconnaissez-vous ces animaux ? demanda don José.

– Bien sûr ! Je vois là un lion, un lynx, une autruche et un ara rouge des Amériques.

– Ainsi, ils existent tous ?

– Évidemment ! C'est aussi sûr que le soleil se lève à l'est ! Ces dessins sont excellents et, les détails parfaitement reproduits.

Don José sourit. Non seulement Maria lui avait dit la vérité, mais elle avait fait du très bon travail. Il s'aperçut que cela lui faisait plaisir, très plaisir même.

Le vieux savant reposa ses lunettes et commença à parler de son dernier voyage en Afrique. Le maître l'écoutait poliment, mais ses pensées étaient ailleurs, avec Maria. Cette fille avait de l'or dans les mains ; c'est elle qui devrait peindre les animaux sur la toile commandée par Felipe Olivares. Il imaginait déjà le résultat : un tableau merveilleusement vivant, où l'on admirerait toutes les bêtes de la Terre.

De retour à l'atelier, don José convoqua ses élèves et annonça sa décision :

– Le commanditaire de *L'Arche* est très pressé. Il veut son tableau d'ici un mois pour la fête de Pâques. Ni toi, Juan ni Angel, vous n'avez le temps de vous en charger, vous avez trop à faire. Maria peindra donc les animaux... Rien que les animaux, précisa-t-il, espérant tempérer la nouvelle.

Puis, baissant la voix, il ajouta :

– Je compte sur votre discrétion. Vous en serez récompensés.

– Comment ? grommela Juan.

– Nous verrons.

Maria, qui avait du mal à cacher sa joie, se mit à arpenter l'atelier à grandes enjambées. Elle croisa le regard admiratif d'Angel. Soudain, Juan la heurta violemment d'un coup d'épaule.

– Tu me le paieras ! lâcha-t-il à mi-voix.

La menace glaça Maria. Elle songea aussitôt à la chatte. Il fallait la protéger ! Mais comment ?

L'après-midi, Maria entreprit de dresser la liste des animaux appelés à monter dans l'arche. Outre ceux de la ferme, il y aurait des bêtes sauvages : un cerf, une biche, un couple de renards et deux hermines. Peut-être aussi des serpents, des lézards, des rossignols, des chouettes et des chauves-souris, et bien sûr le lion, le lynx et l'ara de don Colón. Quant aux femelles, qu'elle n'avait jamais vues, elle s'arrangerait pour les dissimuler derrière les mâles. La jeune fille était déterminée à peindre uniquement les animaux qu'elle avait observés vivants. Elle refusait de travailler sur des cadavres, des bêtes empaillées ou en imitant les dessins d'autres peintres, reproduits dans les livres empruntés à don José.

À la fin de la journée, Maria confia son projet au maître : elle souhaitait se rendre à la campagne pour dessiner des bêtes sur le vif. Son ami Francisco accepterait peut-être de l'y conduire, s'il n'avait rien de mieux à faire. Don José trouva l'idée excellente, et proposa de rémunérer le charretier pour le temps qu'il passerait à escorter Maria. Ravie, la jeune fille courut jusqu'à l'église San Nicolas, où elle laissa un message au père Pablo pour Francisco.

Par chance, le charretier était libre et, dès le lendemain, il passa à l'atelier. Don José lui expliqua sa mission, que Francisco accepta avec plaisir. Maria monta aussitôt dans sa chambre rassembler quelques effets personnels. Angel, piqué par la curiosité, l'y rejoignit.

– Qui est cet homme ? s'enquit-il.

– Un ami, je l'ai rencontré quand je suis arrivée à Madrid. Il est livreur.

– C'est avec lui que tu t'es promenée dimanche ?

Maria opina, puis elle fourra quelques vêtements de rechange dans une besace et demanda :

– Tu ne voudrais pas nourrir la chatte en mon absence ? Elle attend des petits...

– Bien sûr ! Tu peux compter sur moi.

– Merci, Angel.

– Tu sais, je suis toujours content de t'aider.

– Tu es gentil.

– C'est parce que je t'aime... bien.

– Moi aussi, dit-elle en ajoutant sa brosse à cheveux dans son sac, dont elle referma le rabat.

– Pas comme moi... Je suis amoureux de toi, Maria. Depuis le premier jour...

La jeune fille se figea.

– Angel... Je... je suis désolée, fit-elle, gênée.

– C'est pas grave. Va maintenant, ton ami t'attend.

Maria hocha gravement la tête :

– Tu sais, ce n'est pas que je ne t'aime pas... C'est à cause de la peinture... Je ne peux penser à rien d'autre. Elle occupe toute la place dans ma tête et dans mon cœur. Tu comprends ?

Angel haussa les épaules, puis demanda avec un sourire timide.

– Tu crois que ça changera ?

– Peut-être.

– Je serai toujours là.

– Merci !

Maria séjourna près d'une semaine dans la campagne madrilène. Escortée de Francisco, elle passa des heures dans les bois à épier les animaux. Quand ils furent tous dessinés sur son carnet, le charretier la ramena calle Cantarranas. La jeune fille se mit immédiatement au travail : il lui restait trois semaines pour terminer *L'Arche de Noé*.

Lorsqu'elle commença à peindre, don José la guida et la conseilla. Maria l'écoutait avec attention ; cependant le maître se rendit rapidement compte qu'elle avait ses propres idées, et ne suivait pas toujours ses indications. La plupart du temps, il la laissait faire, car ce qui sortait de sous son pinceau était éblouissant. L'élève était en train de surpasser le maître, et il l'acceptait avec bonheur.

Le temps fila. Chaque jour, Maria peignait avec ardeur, jetant sur la toile des taches de couleur, qui peu à peu prenaient forme. Levée à l'aube, elle travaillait jusqu'à ce que la nuit tombe. Souvent, elle en oubliait de déjeuner, et parfois de dîner. « Plus tu grossis, plus je mincis ! » confia-t-elle un soir à la chatte, dont le ventre s'arrondissait. Malgré son travail, la jeune fille s'inquiétait pour elle. Il lui arrivait de s'échapper de l'atelier pour s'assurer qu'elle allait bien. À son grand soulagement, depuis quelque temps, Mimosa passait toutes ses nuits tranquillement couché dans la chambre de sa maîtresse.

35

Il ne restait plus que six jours avant la remise du tableau. Maria, qui travaillait sans relâche, se sentait de plus en plus fébrile et nerveuse à mesure que le temps passait.

Aux environs de midi, la porte de l'atelier s'ouvrit sur un individu grand et robuste, à la mine sévère. Don José reconnut maître Cordoba. C'était l'homme chargé des contrôles de la Guilde des peintres. Ses visites inopinées étaient plutôt rares, aussi le peintre s'en étonna-t-il. Cependant, très vite, il fit le rapprochement avec Maria. La jeune fille se trouvait justement dans l'atelier, mais, par bonheur, elle n'était pas en train de peindre.

– Maître Pacheco, je vous prie de décliner les identités de vos apprentis et compagnons ! commença maître Cordoba en s'avançant vers don José.

– Mais voyons ! Vous les connaissez. Leurs noms sont sur vos registres.

– Déclinez-les, je vous prie ! répéta sèchement le contrôleur.

– Bien ! Juan Castillo est mon compagnon depuis deux ans. Angel Coello est apprenti depuis trois ans, récita Don José en montrant ses élèves qui, depuis l'arrivée du contrôleur, n'osaient faire un geste.

– Est-ce tout ?

– Oui. Baltasar Tudo a quitté l'atelier il y a quelques mois, mais je l'ai déjà signalé à la Guilde.

– Qui le remplace ?

– Personne, pour le moment.

– En êtes-vous sûr ?

– Certain !

Le contrôleur pointa son doigt vers la poitrine de don José.

– Écoutez-moi bien, maître Pacheco ! On nous a informés de la présence d'une femme parmi vous ! Est-ce la vérité ? demanda-t-il, dardant soudain les yeux sur Maria.

Le maître croisa les bras, troublé. Il ne savait que répondre. Mentir à la Guilde était tout aussi ennuyeux que d'avouer qu'il faisait travailler Maria sur ses toiles. Finalement, il déclara :

– On vous aura mal informé... Cette jeune fille dont vous parlez s'occupe du ménage de l'atelier.

Elle lave les carreaux, passe le balai, le chiffon à poussière...

– Il suffit, maître ! Je sais ce que signifie faire le ménage, le coupa maître Cordoba. De toute façon, sachez qu'une enquête sera menée !

– Nous sommes à votre disposition, maître Cordoba, répliqua don José.

La porte de l'atelier se referma derrière le contrôleur de la Guilde. On aurait dit qu'un courant d'air glacial avait balayé l'atelier. Bouleversée, Maria se précipita dans la cuisine.

Ana remarqua ses joues pâles et son air terrifié.

– Qu'est-ce qui t'arrive ? On dirait que tu viens de croiser un fantôme !

La jeune fille versa l'eau du pichet dans un gobelet et l'avala d'une traite. La menace de Juan résonnait dans sa tête : « Tu me le paieras ! » C'était forcément lui qui l'avait dénoncée à la Guilde ! Mais pourquoi la détestait-il à ce point ?

Quant à don José, il en était arrivé aux mêmes conclusions que Maria : Juan était sans doute à l'origine de la visite du contrôleur. Pourtant, il décida de garder le silence. Accuser le compagnon de trahison risquait d'envenimer la situation. Or, il fallait absolument que Maria termine ses animaux.

36

C'est dans cette atmosphère tendue que le tableau fut achevé, la veille de Pâques. Au matin, don José le transporta dans la cour pour le faire sécher au soleil.

Maria le contemplait tout en essorant du linge qu'elle venait de laver : sitôt terminé son travail sur *L'Arche de Noé*, la jeune fille avait en effet repris ses tâches ménagères. Elle avait le cœur serré, car elle devinait qu'elle n'aurait sans doute plus jamais l'occasion de peindre pour le maître. Désormais, celui-ci ne lui confierait plus rien, de peur de mettre son atelier en péril. Maria le comprenait et ne lui en voulait pas. Elle comptait le lui dire après le déjeuner, et même s'excuser de lui avoir causé du tort, mais le peintre était parti. Des affaires l'appelaient en ville, et il avait annoncé qu'il ne rentrerait qu'en fin d'après-midi.

Maria s'aperçut que l'eau du drap dégoulinait sur sa robe et son tablier. Alors qu'elle reculait, les bras tendus, pour finir d'essorer sans être mouillée, elle bouscula Juan, qui se tenait dans son dos. Elle voulut s'excuser, arguant qu'elle ne l'avait pas entendu arriver, mais l'expression du compagnon l'en dissuada. Le jeune homme ne la regardait pas ; il scrutait la toile, examinant les uns après les autres les animaux de Maria. La haine se lisait dans ses yeux.

– Sorcière ! rugit-il soudain.

Elle fit un pas en arrière, choquée et blessée.

– Sorcière ! répéta le compagnon, les yeux luisants de rage.

Puis il fit le signe de croix trois fois de suite en tournant sur lui-même, ainsi que l'avait fait doña Ignacia lorsqu'elle avait découvert les dessins de Maria sur les murs de la masure, à San Fernando.

Ana surgit de la cuisine, d'où elle avait vu Juan se signer.

– Qu'est-ce qui te prend ? lui demanda-t-elle.

Le jeune homme tendit en fourche son index et son annulaire vers Maria, qui s'était réfugiée dans un coin de la cour.

– Fille de Bélial [1] ! lâcha-t-il.

Ana, intriguée, observa tour à tour le compagnon et la jeune fille. Maria, une sorcière ? Tiens donc ! La domestique pensa soudain à Mimosa : les sorcières ont toujours des chats noirs. Et il y avait aussi cet éclat de feu bizarre qui brillait dans l'œil de la jeune fille...

– Que se passe-t-il ? s'exclama Angel en accourant à son tour.

Par la porte de l'atelier, il venait d'apercevoir Maria plaquée contre la glycine, épouvantée.

– Elle a ensorcelé le maître ! siffla Juan.

Angel le regarda, ébahi :

– Quoi ? Mais qu'est-ce que tu racontes ?

– Elle l'a ensorcelé pour qu'il la laisse peindre ! répéta Juan, les yeux jetant des éclairs.

Puis, désignant la toile du menton, il s'écria :

– Regarde ces bêtes ! Il faut l'aide de Belzébuth en personne pour peindre de cette façon !

– Et pourquoi pas l'aide de Dieu ? répliqua Angel en saisissant Maria par le bras et en l'entraînant dans la maison.

Sur le seuil, la jeune fille se figea et haleta :

– Le tableau ! Il faut le protéger !

---

1. Bélial : surnom du Diable.

– Je m'en charge ! Monte dans ta chambre et barricade-toi. Je viendrai te voir tout à l'heure.

Maria hocha la tête et grimpa les escaliers en s'agrippant à la rampe.

Lorsque don José rentra, quelques heures plus tard, la maison était calme. Juan dessinait, le visage fermé. Dans la cour, Angel montait la garde à côté de *L'Arche de Noé*.

Le maître le rejoignit et palpa la peinture du bout des doigts pour s'assurer qu'elle avait bien séché. Puis il fit un pas en arrière et contempla le tableau. Il était vraiment magnifique ; surtout les animaux peints par Maria. Don José songea avec regret qu'il lui faudrait s'en séparer. Dans moins d'une heure la toile serait livrée chez le client.

37

Un petit homme vêtu de blanc avançait dans la pénombre du salon, tenant à bout de bras deux longs flambeaux éteints. Sur son passage, les invités se mirent à chanter à l'unisson pour célébrer l'arrivée des lumières.

Le porteur alluma les torches, et le duc del Mazo parut, flamboyant dans son costume rouge et argent. Frappant dans ses mains aux ongles polis, il annonça :

– Que la fête commence !

Les invités applaudirent, puis se dispersèrent à travers la pièce.

– Quelle belle réception !

– N'est-ce pas !

– Avez-vous déjà vu ses tableaux ?

– Plusieurs fois. Une remarquable collection !

– Digne de l'Alcazar [1] !

– Mon Dieu ! Qu'est-ce qu'il ne faut pas entendre, souffla Inès Soledad, comtesse della Mare, haussant avec dédain ses épaules drapées de soierie.

La comtesse connaissait les tableaux du roi d'Espagne, et estimait que la collection du duc del Mazo, pour splendide qu'elle fût, ne lui était absolument pas comparable. La sienne, en revanche, pouvait rivaliser avec celle du palais royal...

Inès Soledad, amie des grands du royaume, avait ses entrées à la cour et possédait une fortune considérable, héritée de son mari. Outre ses nombreux châteaux, son époux, le comte della Mare, lui avait légué une fabuleuse collection d'œuvres d'art, que la veuve n'avait cessé depuis lors d'enrichir. Des hommes parcouraient à sa demande le monde à la recherche des plus belles toiles des plus grands maîtres.

Une jeune esclave noire s'approcha de la comtesse et lui offrit une coupe d'eau glacée parfumée au citron.

– J'adore la neige fondue de la sierra du *Guadarrama* ! s'exclama doña Inès de cette voix mélodieuse dont les hommes lui faisaient si souvent compliment.

1. L'Alcazar est le palais du roi et de la reine d'Espagne, à Madrid.

Elle trempa ses lèvres dans la citronnade et grimaça de plaisir.

– Délicieux ! murmura-t-elle.

Puis elle remarqua le mouvement des invités, qui se dirigeaient tous vers l'autre bout du salon. Intriguée, Inès Soledad s'apprêtait à les rejoindre à pas lents quand un homme grand, vêtu de satin noir, la bouscula.

– Comtesse della Mare ! Toutes mes excuses, ces tapis moelleux sont de véritables pièges à pieds.

– Qu'y a-t-il donc de si passionnant là-bas, que tous s'y agglutinent ?

– Un tableau, ma chère !

– Ah oui ?

– Une *Arche de Noé* ! précisa-t-il.

– Allons la contempler, voulez-vous ?

Bras dessus, bras dessous, ils arrivèrent devant la toile, que deux serviteurs éclairaient de leurs torches. Inès Soledad la scruta avec attention :

– Qui a peint ce tableau ?

– Pacheco, maître Pacheco de la calle Cantarranas.

– Ah oui ? Ce nom me dit quelque chose... Cette œuvre est une splendeur.

En rentrant chez elle, la comtesse della Mare ordonna à son cocher de faire un détour par la calle Cantarranas. À part un joli rayon de lune, il faisait nuit noire, et dans la rue tous les volets étaient fermés. Mais cela n'avait pas d'importance : Inès Soledad voulait simplement repérer la maison du peintre Pacheco. Son flair la trompait rarement : cet homme était promis à un bel avenir. Bientôt, la haute société de Madrid ferait la queue devant chez lui pour lui commander des tableaux.

Au moment où elle passait au petit trot sous les fenêtres du peintre, un heureux événement était en train de se produire dans la chambre de Maria. Un chaton venait tout juste de voir le jour, ou plutôt le clair de lune. Il était noir des oreilles à la queue, comme sa mère. Le suivant aussi, mais le troisième et le quatrième étaient blancs, comme leur père. Quant au cinquième, il arborait une courte fourrure noire zébrée de blanc, surprenant héritage de ses deux parents.

Nichés les uns contre les autres dans le tiroir ouvert de la commode, les chatons tétaient goulûment. Leur mère ronronnait de plaisir. Maria la regarda avec admiration.

– Cinq ! Félicitations !

Puis elle sortit son matériel et commença à les dessiner, à la pâle lumière de la lune.

38

Le lendemain, Juan se vêtit, alluma sa pipe et descendit d'un pas lourd à l'atelier. Don José s'y trouvait seul. Concentré sur son travail, il ne remarqua pas sa présence.

– Alors, cette récompense ? lâcha le compagnon. Quand est-ce qu'on l'aura ?

Le maître leva la tête, l'air distrait. Juan avait son air des mauvais jours.

– Quoi ? Que dis-tu ?

– La récompense, vous vous souvenez ?

Un rictus amer déforma le visage anguleux du jeune homme.

– Bien sûr, il n'y en aura pas ! ajouta-t-il. J'aurais dû m'en douter.

Don José hocha la tête ; il se rappelait la gratification promise si Juan et Angel s'abstenaient de parler du travail de Maria à l'atelier. Le compagnon avait du toupet de la lui réclamer, après ce qu'il avait fait ! Néanmoins, n'ayant pas de preuve de la culpabilité de Juan et souhaitant l'apaiser, il céda.

– Je vais vous donner une gravure à chacun. Un Botticelli [1] pour toi, un Rembrandt pour Angel. J'espère que tu es content !

Juan haussa les épaules. Il fit mine de s'éloigner, puis se ravisa.

– Elle doit partir ! aboya-t-il.

Don José fronça les sourcils :

– Quoi ? De qui parles-tu ?

– Vous le savez très bien ! Votre petite protégée doit quitter l'atelier, et vite ! Sinon...

– Quelle mouche te pique, Juan ? gronda le peintre. Où te crois-tu ? Tu es ici chez moi ! Je suis le maître ! Personne ne me donne d'ordres !

Le garçon aspira une nouvelle bouffée de sa pipe, qu'il souffla vers le plafond. Son œil étincela de méchanceté :

– Vous préférez peut-être que j'en informe le contrôleur Cordoba ?

1. Botticelli est un grand maître de la Renaissance italienne ; Rembrandt est un grand peintre hollandais du XVIe siècle.

Don José posa sur son compagnon des yeux pleins de dégoût.

– Cette fille vous a ensorcelé ! reprit Juan

– Ensorcelé ? Mais tu es devenu fou !

– Ne dites jamais que je suis fou ! hurla le jeune homme, tremblant de rage.

José Pacheco le dévisagea avec étonnement. Il ne l'avait jamais vu dans cet état. D'ordinaire, c'était un garçon plutôt taciturne.

– Juan, retrouve tes esprits !

– Mes esprits ? Vous ne comprenez donc pas ? Elle doit partir ! Il faut les brûler, elle et sa maudite chatte noire !

– Juan ! Pour la dernière fois, calme-toi ! tonna José Pacheco, à bout de patience.

– Bon, vous l'aurez voulu !

Troublé, le peintre regarda son élève se diriger vers la porte donnant sur la calle Cantarranas et disparaître. Il était inquiet.

Deux heures plus tard, un carrosse laqué de noir s'arrêta devant l'atelier. Le cocher sauta de son siège et ouvrit la portière à son passager.

Un homme sombrement vêtu et coiffé d'un chapeau à large bord mit pied à terre. Il entra d'un pas décidé dans la boutique.

– Maître Pacheco, je présume ?

Don José considéra le nouveau venu et se raidit. Un mot terrible venait de surgir dans son esprit : Inquisition [1] ! Si Juan les avait dénoncés aux chasseurs de sorcières, Maria et lui étaient perdus ! L'acharnement des hommes de la terrible institution était connu. Lorsqu'ils avaient une proie, ils ne la lâchaient plus. Lui-même risquait la prison ou l'exil, et Maria le bûcher !

Don José jeta un coup d'œil désespéré vers la jeune fille, assise près de la porte de la cour, inconsciente du danger qui la menaçait.

– Maître Pacheco ? répéta l'inconnu, un ton plus haut.

Le peintre prit une profonde inspiration et s'avança. Il défendrait Maria !

– C'est moi ! Que puis-je pour vous ?

– La reine souhaite vous rencontrer. Voudriez-vous me suivre, je vous prie ?

– La reine ! répéta le peintre d'une voix blanche.

Les manières courtoises du visiteur ne le rassuraient guère : l'Inquisition savait mettre les formes, au début...

– Mon carrosse vous attend !

1. L'Inquisition est un tribunal religieux créé au Moyen Âge par le pape afin de rechercher et de juger les « hérétiques » (ceux qui s'opposent à la religion catholique), puis les sorciers. Les méthodes et les châtiments de ce tribunal étaient d'une grande cruauté.

Le peintre montra ses ongles noircis par la peinture :

– Puis-je me laver les mains ? demanda-t-il pour gagner du temps.

– Faites, mais dépêchez-vous !

Don José s'approcha de Maria et, d'une voix forte, exigea :

– Du savon !

Maria se leva aussitôt et le suivit dans la cuisine. Le peintre referma vivement la porte derrière eux. Il trempa les mains dans la bassine et, tout en se brossant les ongles, se mit à parler d'une voix basse et précipitée :

– Maria ! Tu es peut-être en danger ! Je crains que cet homme ne fasse partie de la milice de la Sainte Inquisition. Juan aura trouvé ce moyen pour se débarrasser de toi.

– Maître ! J...je ne suis pas une... sorcière ! bredouilla la jeune fille, terrifiée.

– Je le sais bien. Cependant, il faut que tu te caches. Connais-tu quelqu'un en ville ?

Elle réfléchit rapidement :

– Pepa !

– Tu sais où elle habite ?

– Calle Caravaca.

– Si les choses s'arrangent, je viendrai te chercher chez elle dès que je le pourrai. Si je ne suis pas de retour ce soir, tu devras partir. Quitter Madrid au plus vite ! Tu m'as compris ?

La voix du visiteur retentit derrière la porte :

– Maître Pacheco ?

Maria saisit les mains de don José :

– Je ne veux pas vous perdre !

– Moi non plus, Maria..., murmura-t-il en déposant un rapide baiser sur son front.

Il sortit précipitamment et monta à la suite de l'homme en noir dans le luxueux carrosse.

39

La voiture roulait à vive allure. Elle longea la calle Mayor et se dirigea vers la puerta de Toledo, à l'ouest de la ville, puis grimpa en direction du plateau qui domine le Manzanares.

Par la portière, don José aperçut au loin l'Alcazar, la résidence du roi et de la reine. C'est là que se trouvaient également les bureaux de l'Administration espagnole et... ceux de l'Inquisition.

Le carrosse franchit la porte principale et pénétra dans une vaste cour intérieure, entourée de portiques et ornée de statues. Une foule nombreuse s'y pressait : grands seigneurs escortés de leur page, officiers de l'armée, mais aussi marchands, artisans, journaliers venus solliciter une grâce ou le règlement d'une affaire auprès des ministres de Sa Majesté.

Le cocher arrêta les chevaux, et l'homme invita José Pacheco à le suivre. Un escalier les conduisit au premier étage du palais. Le peintre s'en étonna : chacun savait que les étages étaient occupés par les appartements royaux. Les bureaux de l'Inquisition étaient au rez-de-chaussée.

Ils traversèrent une multitude de pièces, certaines spacieuses et claires, d'autres petites et obscures. Pour aller de l'une à l'autre, ils empruntèrent quantité d'étroits couloirs et d'escaliers glacials, où le soleil ne pénétrait jamais. À cause de son pied blessé, le peintre peinait à marcher.

Dans quel recoin obscur du palais son guide le menait-il ? Des histoires terribles, entendues çà et là, lui revinrent en mémoire. Un collègue lui avait raconté comment le tribunal de l'Inquisition avait torturé son voisin jusqu'à ce qu'il avoue un crime qu'il n'avait pas commis. Même si, don José n'était pas lui-même accusé, Juan l'avait sans doute dénoncé comme ami et protecteur d'une sorcière.

Ils débouchèrent soudain sur un palier. Deux laquais qui montaient la garde devant une double porte dorée en ouvrirent les battants et s'effacèrent pour les laisser passer.

Une femme à l'allure majestueuse s'avança à leur rencontre. Don José inclina maladroitement le buste. Il n'avait pas l'habitude de faire des révérences.

– Ainsi, don Duda vous a trouvé, Maître Pacheco. Vous m'en voyez fort aise... Vous devez vous demander pourquoi mon majordome vous a conduit ici.

– C'est-à-dire..., commença le peintre, intimidé.

– Je suis la duchesse de Terra-Nova, la *camarera mayor* [1] de la reine. Sa Majesté souhaite que vous peigniez ses chiens, Titus et Horacio, deux épagneuls autrichiens. Elle a entendu vanter vos talents de peintre animalier par son amie la comtesse della Mare. Vous auriez, semble-t-il, exécuté une splendide *Arche de Noé*. La reine veut une petite toile de format carré pour décorer son boudoir. Vous avez trois jours, pas un de plus !

José Pacheco, abasourdi, fixait la duchesse bouche bée. Quel soulagement ! S'il avait été moins impressionné, il en aurait ri.

– C'est un honneur pour moi ! se reprit-il. Un grand honneur !

Et, de nouveau, il fit la révérence.

– Très bien ! Présentez-vous à la porte sud du palais demain matin, à huit heures précises.

La duchesse se retira dans le fond de la pièce.

Le majordome prit le peintre par le bras et le ramena à la réalité.

1. La première femme de chambre de la reine.

– Venez, je vous reconduis chez vous !

Assis dans le carrosse, José Pacheco, embarrassé, évalua la situation. *L'Arche de Noé* n'était pas son tableau, ou si peu ! L'essentiel, les animaux, était né sous le pinceau de Maria. Or, jamais la reine ne laisserait une fille, une petite bonne de surcroît, peindre ses chiens.

Le cocher arrêta la voiture calle Caravaca. José Pacheco descendit et frappa à la porte de Pepa.

– Merci, mon Dieu ! Ils vous ont relâché ! s'écria Maria en lui ouvrant.

– Ce n'étaient pas eux !

La jeune fille le regarda, stupéfaite :

– Pas l'Inquisition ? Mais qui, alors ?

– Je t'expliquerai plus tard. Rentrons vite à la maison !

Les portes de l'atelier, curieusement, étaient fermées. Maria et don José firent le tour par la cour, mais, là aussi tout était clos. Il y avait pourtant du bruit à l'intérieur.

– Ouvrez, bon sang ! C'est moi, don José !

– Tout de suite, maître ! fit la voix d'Angel.

Le garçon enleva la barre de bois qui bloquait la porte.

– Mais voyons ! Quelle mouche te pique ? Pourquoi t'es-tu barricadé ?

– C'est à cause de Juan, répondit l'apprenti, penaud. Il est venu avec deux gaillards et...

Don José découvrit alors l'atelier dévasté. Les toiles, les chevalets, les planches des établis, les précieux alambics, les tiroirs des commodes, les outils gisaient à terre, fracassés, réduits en miettes.

Le peintre poussa un hurlement de bête blessée et se rua sur les tableaux éventrés, courant de l'un à l'autre, tentant vainement de rassembler les pans de toile lacérés.

– Ils avaient des pieux et des couteaux, raconta Angel. Et cette crapule de Melchor était avec eux !

– Comment ? Que dis-tu ? Melchor, le receleur ? Avec Juan !

Angel hocha la tête.

Les yeux du maître s'assombrirent.

– Je commence à comprendre..., s'écria-t-il.

– Que voulez-vous dire ? demanda l'apprenti.

– Juan ! Je suis certain que c'est Juan qui a volé le chandelier du señor Mentero y Sevilla ! Baltasar était innocent !

– Pourtant, c'est grâce à Juan qu'on l'a récupéré, fit remarquer Angel.

– Justement ! Il aura tout manigancé pour faire accuser Baltasar. Le chandelier ne l'intéressait sans doute même pas.

– Mais pourquoi ?

– Par jalousie ! Il ne supporte pas qu'un autre, et encore moins *une* autre, soit plus doué que lui ! Pourquoi ne m'en suis-je pas aperçu plus tôt ?

Désemparée, Maria s'accroupit. Elle repensait à la lettre de Baltasar et devinait soudain son sens. L'apprenti avait voulu se disculper à ses yeux. Si seulement elle en avait parlé à don José... Mais il était trop tard, à présent : le jeune homme devait être loin. Sans doute avait-il quitté Madrid, car personne ne l'avait vu en ville depuis son départ de l'atelier. Quelle injustice !

Tout en songeant avec tristesse à Baltasar, elle entreprit de ramasser ce qui gisait à terre.

– Laisse ! lui ordonna don José. On rangera plus tard. Il faut que je te parle.

La jeune fille suivit le maître dans la cuisine.

– Assieds-toi et écoute-moi bien. La reine veut qu'on peigne ses deux épagneuls.

Les yeux de Maria s'arrondirent. Le maître continua :

– Elle a vu notre *Arche de Noé*, et m'a passé commande. Je suis attendu demain matin au palais.

– Je ne comprends pas... Vous voulez que je vienne avec vous peindre les chiens de Sa Majesté ? demanda Maria, stupéfaite.

– Bien sûr. C'est ta manière qui lui a plu. Je ferai

la composition, tu peindras un chien et moi l'autre, déclara don José.

Puis il ajouta :

– Tu t'habilleras en garçon, c'est la seule solution !

Maria fixait le maître avec un mélange de peur et d'intense excitation. Jamais, même dans ses rêves les plus fous, elle n'aurait imaginé peindre pour la reine d'Espagne !

40

La voix de don Duda résonna dans le couloir du palais :

– Titus ! Horacio ! Tenez-vous tranquilles !

Les épagneuls, entraînant derrière eux le majordome, tirèrent de plus belle sur leur laisse cloutée d'argent.

– J'ai dit : au pied ! Une heure à courir dans les jardins de l'Alcazar, cela ne vous a pas suffi ?

Au lieu d'obéir, les chiens se mirent à japper joyeusement.

– Taisez-vous donc ! Ce n'est pas parce que vous êtes *ses* chiens qu'il faut vous croire tout permis !

Don Duda regretta aussitôt ses paroles. Quelqu'un pouvait l'avoir entendu !

– Allez, dépêchez-vous, le peintre doit faire votre portrait.

Le majordome et les chiens montèrent une volée d'escaliers et arrivèrent aux appartements bleus, la résidence privée des épagneuls royaux. Le jeune page posté devant la porte les fit entrer en annonçant :

– Don José est arrivé. Il vous attend dans le boudoir.

Les deux chiens, excités par l'odeur des visiteurs, foncèrent tête baissée, arrachant la laisse des mains du majordome. Ils franchirent le seuil et terminèrent leur course par une splendide glissade sur le parquet ciré.

Le boudoir des épagneuls était une charmante petite salle ronde où tout était de velours bleu : les murs, les lourds rideaux encadrant les fenêtres, les canapés, les fauteuils et les nombreux coussins qui jonchaient le sol.

Le majordome rejoignit les épagneuls, déjà occupés à renifler les inconnus de leurs museaux humides.

– Voici Titus et Horacio, vos modèles, annonça don Duda d'un ton cérémonieux.

– Bien..., murmura José Pacheco.

Le spectacle de ces deux bêtes agitées ne lui plaisait pas trop. Il ne serait pas facile de les faire tenir tranquilles.

– Souhaitez-vous que je reste ? s'enquit le majordome.

Le maître hésita. Don Duda pourrait leur être précieux si les chiens continuaient à s'agiter. Mais, d'un autre côté, il préférait qu'il ne voie pas Maria de trop près. Même si elle portait des vêtements de garçon, il ne voulait pas prendre de risques.

– Je vous remercie, c'est inutile, assura-t-il à l'homme.

Le majordome hocha la tête, satisfait. Quelques instants de répit, loin des épagneuls de Sa Majesté, n'étaient pas pour lui déplaire.

– Nous ne savons même pas lequel est Titus et lequel est Horacio, soupira don José.

Maria posa la main sur le cou du plus grand des chiens et caressa ses oreilles tombantes :

– Voici Titus.

Le maître la regarda, surpris :

– Comment le sais-tu ?

– Quand le majordome les a appelés, chacun a remué la queue en entendant son nom. D'ailleurs, c'est facile à vérifier. Titus !

L'épagneul qu'elle était en train de caresser leva le museau vers elle, confirmant ses déductions.

– Bon, commençons par des croquis, dit don José en jetant un regard amusé à son élève. Je dessine

Horacio. Il me semble plus calme que son compagnon, et je crains de n'avoir aucune patience avec les modèles trop indisciplinés...

– Très bien, je me charge de Titus.

Maria installa leur matériel. Intrigués par son remue-ménage, les chiens lui tournèrent autour un instant. Brusquement, Titus saisit un coussin entre ses crocs et entreprit d'en arracher le galon.

– Cesseront-ils de gigoter, à la fin ! s'exclama don José, agacé.

– Si vous me permettez, je vous suggère d'examiner Horacio d'abord. Ensuite, esquissez-le de mémoire, sans faire dans le détail. Puis regardez-le de nouveau et cherchez sa meilleure expression.

– Sa meilleure expression ! répéta le maître, dubitatif. Je ne suis pas sûr de pouvoir dire quelle est la meilleure expression d'un chien...

Dissimulée derrière un rideau, la naine Maribarbola ne perdait pas une miette de la conversation. Elle qui avait la manie d'espionner les gens, pour une fois n'avait pas vraiment préparé son coup. Elle était déjà dans le boudoir, et s'y était trouvée piégée sans le vouloir. Bien sûr, elle aurait pu sortir et se montrer quand don José et son apprenti étaient arrivés, mais elle avait préféré rester cachée. On voyait toujours mieux lorsqu'on n'était pas vu.

Maribarbola venait souvent dans le boudoir bleu pour se détendre. Les chiens étaient accoutumés à sa présence et n'aboyaient plus en sentant son odeur. Elle s'allongeait tranquillement sur les coussins à leur côté, et rêvait à une vie meilleure, loin de la cour. Où elle n'aurait plus « à faire la laide », comme elle le disait. Car c'était là son rôle au palais : être disgracieuse pour amuser la galerie, et aussi pour que les autres paraissent plus beaux en comparaison.

La petite femme écoutait les peintres avec un intérêt croissant depuis qu'elle s'était aperçue que le gamin donnait des leçons à son maître.

« Voilà qui est étrange ! pensa-t-elle. La comtesse della Mare se répand en louanges à propos de ce Pacheco. Peindre Titus et Horacio est un honneur qui ne peut être réservé qu'aux plus grands. Alors, pourquoi diable le peintre a-t-il besoin des conseils de ce freluquet au timbre aigu ? »

Maribarbola entendit de nouveau la voix frêle du gamin donneur de conseils :

– Titus, comme tu es beau, tu sens la mousse et l'écorce... Je parie que tu as été te promener dans les bois, ce matin !

Le chien gémit doucement, comme s'il était sensible au compliment.

La naine reconnut alors le crissement du crayon qui court sur la feuille. Le bruit lui était familier :

parfois, elle allait dans l'atelier de maître Vélasquez, à l'autre bout de l'Alcazar, pour le regarder travailler.

Le freluquet recommença à parler :

– Titus, beau chien ! Mets-toi un peu debout, que je te voie !

L'animal se dressa sur ses pattes arrière.

– Oui, c'est bien ! Quel splendide profil tu as !

La curiosité de Maribarbola était à son comble. Elle voulait le voir, ce jeune flatteur ! Complimentait-il ainsi tous les modèles ? Dans ce cas, elle aimerait bien poser pour lui...

Elle prit le risque de sortir un bout de tête, juste assez pour apercevoir ce qui se passait derrière le rideau, puis s'immobilisa. Elle regarda l'homme assis sur une chaise et lui trouva l'air habituel des peintres. Quant au jeune assistant, il était partiellement caché par les épagneuls.

Elle tenta un pas de côté pour pouvoir l'observer. Les rideaux ondulèrent, mais l'homme et le garçon étaient bien trop occupés pour s'en apercevoir. Oui, elle avait raison. Le gamin était petit, mince, on aurait presque dit une fille. Mais elle avait du mal à voir son visage, car il portait un chapeau plat, qui le dissimulait à moitié.

Maribarbola remarqua un papier posé sur les genoux du gamin, et un fusain dans sa main. Il dessinait.

Le garçon se leva et, sans lâcher sa feuille ni son crayon, tournoya autour de Titus. Il dessinait tout en avançant ! Maribarbola nota son air passionné et ses yeux pétillants.

Horacio bougea, cachant de nouveau l'apprenti. Titus remua la queue et gémit. Les deux chiens se levèrent, s'approchèrent du garçon et se mirent à le lécher. Les mains d'abord, puis le visage, jusqu'à le faire se tordre de rire. Il avait un rire de tête, un peu féminin, comme son allure.

– Maître, je crois qu'ils en ont assez !

– C'est juste. D'ailleurs, nous en avons tous assez. Arrêtons, nous reprendrons demain !

Maribarbola, un peu déçue, les regarda ranger leurs affaires et se diriger vers la porte, les épagneuls sur leurs talons. La prochaine fois, elle prendrait un tabouret, ce serait plus confortable.

Don José et Maria roulaient vers le quartier des peintres. Le maître demeurait soucieux : il n'était pas certain d'en avoir terminé avec Juan. Le compagnon était réellement capable d'avoir alerté l'Inquisition. Après le saccage de l'atelier, il avait disparu, c'est vrai ; mais qui sait s'ils n'allaient pas trouver un autre homme vêtu de sombre devant la porte de l'atelier et, cette fois ce ne serait pas don Duda...

Le peintre soupira. Une chance qu'ils n'avaient pas rencontré de difficulté au palais ! Personne ne s'était douté que Maria était une fille.

Tout était calme, calle Cantarranas. Angel avait employé la journée à essayer de récupérer et de réparer ce qui pouvait l'être ; cependant il faudrait du temps avant que l'atelier ne retrouve son ancienne apparence. L'apprenti regarda entrer Maria dans ses habits de garçon et s'empressa de l'interroger :

– Alors ? Comment ça s'est passé ?

– Seuls les chiens ont deviné que j'étais une fille, mais ils ne m'ont pas dénoncée, plaisanta Maria.

Angel se mit à rire, soulagé. Lorsque, la veille, son amie lui avait dit qu'elle avait besoin d'une chemise, d'un pourpoint et de collants, il avait écarquillé les yeux de surprise. Et quand elle avait expliqué que c'était pour aller à l'Alcazar peindre les deux épagneuls de la reine Mariana, il avait failli s'étrangler. Pourtant, il avait accepté de les lui prêter. Il n'était pas, comme Juan, jaloux de sa réussite.

Don José s'assit à la grande table et étala leur travail du matin. Angel reconnut sans peine le chien croqué par Maria et celui exécuté par le maître. Les deux techniques étaient en tout point différentes.

Puis, sous le regard de ses deux élèves, en s'inspirant des nombreuses esquisses, le peintre commença à tracer la composition du tableau : les deux chiens museau contre museau, de profil... Soudain, il fit une boule de sa feuille et la jeta par terre. Il esquissa une autre composition, puis une autre, et une autre encore. Insatisfait, il déchirait tous ses brouillons.

– Je peux essayer ? demanda alors Maria.

– Bien sûr.

Maria prit la mine de plomb et ébaucha une nouvelle composition, qu'elle montra à don José. Le maître s'esclaffa et montra le dessin à Angel, qui rit à son tour.

– Vous croyez que ça plaira à la reine ? s'enquit l'apprenti lorsqu'ils eurent retrouvé leur calme.

– Qui ne tente rien n'a rien ! déclara don José, et il repartit d'un grand éclat de rire.

41

La naine Maribarbola, assise sur son tabouret, avait retrouvé son poste d'observation derrière les rideaux du petit boudoir. Elle voyait les deux peintres se préparer ; il ne manquait plus que les chiens.

– Il nous faudrait davantage de lumière ! s'exclama le maître.

– Approchons la toile de la fenêtre, proposa le garçon.

« Aïe ! Aïe ! Aïe ! » songea Maribarbola.

Les peintres étaient désormais dangereusement près d'elle. Elle frémissait à l'idée d'être découverte quand elle perçut le bruit familier de la cavalcade des chiens sur le parquet.

– Titus ! Horacio ! Vous voilà ! s'écria l'apprenti.

– Don José, ils sont à vous, dit le majordome.

Les pas de don Duda s'éloignèrent. Maribarbola entendit les chiens gémir et aboyer avec enthousiasme. Puis Titus s'approcha du rideau et commença à flairer. Lorsqu'il souleva le tissu avec son museau, elle se figea.

– Va-t'en, chuchota-t-elle.

Le jeune garçon la sauva sans le savoir :

– Titus, viens par ici.

L'animal s'empressa d'aller rejoindre son nouveau compagnon.

– Bon chien, fit celui-ci, tandis que Titus posait les pattes sur ses épaules et lui léchait la figure.

Comme la veille, le garçon se mit à rire, puis repoussa le chien d'un geste et en lui ordonnant :

– Ça suffit ! Au travail ! Horacio, assis ! Titus, debout !

Maribarbola gloussa en silence. Le gamin se prenait pour un montreur d'ours ! Pourtant, à sa grande surprise, les épagneuls obéirent.

La palette à la main, le maître commença à peindre Horacio à petits coups de pinceau.

Maribarbola jetait parfois un coup d'œil sur la toile, pour suivre l'avancement des travaux. Le reste du temps, elle observait le garçon. Soudain, il se leva, ramassa un coussin et le tendit au chien :

– Titus, prends ça !

L'épagneul crut à un jeu et se mit à japper.

– Tranquille, Titus ! Prends le coussin dans ta gueule.

L'animal eut un regard suppliant.

– Plus tard, Titus, on jouera plus tard ! D'accord ?

Il poussa un gémissement, puis obéit.

– Tu es un bon chien ! Ne bouge pas ! Je vais te dessiner.

Dans le calme et le silence, le maître et son assistant œuvraient chacun de leur côté. C'était si tranquille que Maribarbola en vint presque à s'ennuyer.

Enfin, le maître fit signe à son apprenti :

– À ton tour !

Le garçon s'approcha, glissa son pouce dans le trou de la palette et se mit à peindre. Maribarbola le regarda travailler. Elle nota que ses coups de pinceau étaient bien plus désordonnés que ceux de son maître. On aurait dit qu'il éclaboussait la toile avec ses couleurs. Quelle curieuse manière ! Maribarbola s'en amusa : « Le petit gars va gâcher la toile, et son maître n'a même pas l'air de s'en rendre compte ! »

Cependant, peu à peu, sous les yeux ébahis de Maribarbola, des touches de peinture naquit un splendide Titus en plein jeu.

« Quel prodige ! Et quelle drôlerie ! » s'émerveilla la naine. Elle croyait le voir secouer la tête sur la toile, et même sourire avec espièglerie.

Titus vint poser son museau sur la cuisse du petit peintre.

– Tu veux qu'on s'occupe de toi, hein ?

L'épagneul aboya vigoureusement. S'ensuivit alors un méli-mélo de chiens, de garçon et de coussins. Le gamin et les deux chiens semblaient si heureux que la petite femme brûlait d'envie de les rejoindre. Tout à coup, dans la bagarre, le garçon perdit son chapeau, et un flot de cheveux sombres se répandit sur ses épaules.

– Oh ! fit Maribarbola, abasourdie.

– Maria ! Ton chapeau ! s'écria le maître.

– Une fille !!! hurla Maribarbola en bondissant hors de sa cachette.

Elle traversa le boudoir et ouvrit la porte. Don José et Maria, consternés, la regardèrent s'enfuir.

La petite femme galopa, passa en trombe devant le page stupéfait et dévala les escaliers. Sans ralentir l'allure, elle poursuivit sa course dans le long, très long couloir qui menait aux appartements de la reine. En essayant de reprendre sa respiration, elle tambourina contre la porte. Une demoiselle d'honneur, affolée par le tapage, accourut.

– Maribarbola ! Mais que se passe-t-il ?

– Où est la reine ?

– Elle boit son chocolat dans son boudoir.

– Pousse-toi ! Je dois la voir !

Maribarbola traversa le luxueux salon et arriva sur le seuil du boudoir, où elle entra sans même frapper. Les dames d'honneur la fixèrent avec stupéfaction. Certaines se mirent à glousser devant le spectacle de la petite femme rouge, échevelée, à bout de souffle.

– Il suffit, mesdames ! gronda la reine Mariana.

– Majesté ! C'est terrible ! fit Maribarbola.

– Quoi ? Parle enfin !

– Seule à seule, Majesté !

– Bien... Suis-moi !

La reine se leva, tourbillonna joliment sur elle-même dans sa vaste robe-cloche de brocard et entraîna la naine dans une pièce contiguë.

– Alors ? J'espère que c'est important. Je n'aime pas être interrompue quand je bois mon chocolat !

– Ma reine ! C'est votre peintre, don José ! Il n'est pas seul !

– Je le sais bien. Il a un petit qui l'aide pour ses menus travaux. La camarera mayor me l'a dit.

– Ce petit aide est une fille déguisée en garçon !

– Que me chantes-tu là ?

– Elle s'appelle Maria, et elle a peint Titus !

– Titus ? Tu divagues, Maribarbola !

– Je vous assure, Majesté ! Venez avec moi, vous la verrez de vos propres yeux.

Mariana pinça ses lèvres peintes en rouge :

– Maribarbola...

– C'est une fille, et elle peint votre chien, Majesté ! insista Maribarbola, vexée.

La reine soupira, exaspérée :

– Je te suis ! Mais, si c'est une plaisanterie, gare à toi !

Dans le boudoir, les demoiselles d'honneur, au comble de l'excitation, se perdaient en conjectures au sujet du : « C'est terrible ! » lâché par Maribarbola. Lorsque la reine Mariana passa devant elles sans leur accorder un regard, elles crurent mourir de déception. Les plus téméraires se levèrent, prêtes à lui emboîter le pas.

– Restez ! Je ne serai pas longue ! ordonna Sa Majesté.

Maribarbola et la reine parvinrent enfin à la résidence des épagneuls. Don José et Maria se tenaient côte à côte, l'air inquiet.

– C'est elle ! C'est elle ! répétait Maribarbola en sautillant autour de Maria.

La reine toisa la jeune fille :

– Ma naine m'affirme que vous peignez. Est-ce la vérité ?

Don José s'avança et fit la révérence :

– Votre Majesté, je suis désolé, c'est entièrement ma faute !

– Mon maître n'y est pour rien ! s'exclama Maria.

– Cela suffit ! Cette fille est-elle, oui ou non, entrée chez moi déguisée en garçon pour y peindre mes chiens ? demanda la souveraine.

– Oui, Votre Majesté ! J'ai peint votre chien Titus, avoua Maria.

La reine jeta au maître un regard noir :

– Don Pacheco, on m'avait dit grand bien de vous, et on avait tort ! Sachez que plus personne désormais ne vous passera commande ! On ne trompe pas la reine d'Espagne ! Que vous choisissiez une fille pour vous aider, soit ; cependant vous n'auriez jamais dû essayer de me faire croire qu'elle était un garçon. Maintenant, ramassez vos effets et partez ! Sur-le-champ !

Don José et Maria s'empressèrent d'obéir, la mort dans l'âme. Le maître s'apprêtait à rouler la toile encore humide lorsque la reine l'arrêta d'un geste :

– Laissez cela ! Après tout, ce sont *mes* chiens !

42

La reine était seule dans le boudoir bleu déserté. Elle avait ordonné à don Duda de sortir les chiens et chassé Maribarbola, qui était aussitôt allée monnayer son information dans les couloirs du palais. L'histoire de la fille déguisée en garçon était si inconvenante qu'elle était certaine de trouver preneur à bon prix. Au palais royal, les scandales se vendaient cher.

La reine s'approcha du tableau. Elle y découvrit Horacio, assis tel un empereur romain réfléchissant au sens de la vie. Puis son œil se posa sur Titus, jouant à déchiqueter un coussin. Plus encore qu'Horacio, il était exactement comme elle l'aimait. L'esprit de son espiègle compagnon semblait contenu tout entier dans ce portait. Il était peint d'une curieuse manière, cependant...

Malheureusement, l'œuvre était inachevée. Il manquait le fond du tableau et quelques détails.

Elle regarda de nouveau Horacio. « Il est bien aussi, mais moins réussi ! » conclut-elle. Elle préférait Titus, alors que c'était la fille qui l'avait peint ! C'était étrange !

– Allez chercher maître Vélasquez et amenez-le ici ! dit-elle au page qui gardait la porte.

Le garçon partit comme une flèche.

Diego Vélasquez peignait le roi en costume de chasse. Ou, plus précisément, le costume de chasse du roi. Felipe IV, en effet, n'était pas là ; seul son habit pendait sur un cintre. La tête, il la ferait plus tard, lorsque le roi aurait le temps de poser. Le page attendit que l'artiste ait relevé son pinceau pour l'interrompre.

– Don Diego, pardonnez-moi... La reine vous mande expressément !

Maître Vélasquez hocha la tête et soupira. Il détestait être dérangé en plein travail. Il suivit pourtant le page dans les couloirs, tout en se demandant ce qu'il pouvait bien y avoir de si urgent.

La reine l'attendait impatiemment dans le boudoir. Sa colère s'était changée en fébrilité.

– Ah, mon cher Vélasquez ! Approchez, je vous prie ! fit-elle.

Elle entraîna le peintre par la manche devant la peinture fraîche :

– Alors ! Dites-moi ce que vous en pensez !

Vélasquez tira sur ses longues moustaches et plissa ses yeux bruns. La peinture, et pas uniquement la sienne, était ce qu'il préférait au monde. Aussi n'importe quel tableau, même mineur, l'intéressait-il. Il scruta la toile avec la plus grande minutie. Puis, pointant l'épagneul de Maria, il livra son verdict :

– Celui qui mordille le coussin, là...

– Titus !

– Oui, Titus ! Il est fameux ! Je dirais même plus : excellent ! Mais quelle étrange manière de peindre... En plus, votre peintre a de l'humour, ce qui est plutôt rare. Toutefois, il faudrait qu'il termine sa toile. Au fait, comment s'appelle-t-il ?

– Vous devriez plutôt me demander : « Comment s'appelle-t-elle ? » s'amusa la reine.

– Que dites-vous ?

– Mon peintre est une fille. Elle s'appelle Maria.

– Pouvez-vous répéter, je vous prie ?

– Vous m'avez fort bien entendue, mon cher Vélasquez !

– Eh bien, cette fille a un pinceau d'or ! conclut le peintre officiel du roi d'Espagne.

Dès le lendemain, le majordome don Duda transportait Maria et don José dans son carrosse vers l'Alcazar. L'un et l'autre, ignorant tout de la conversation que la souveraine avait eue la veille avec maître Vélasquez, s'inquiétaient de cette nouvelle convocation au palais.

La reine, vêtue d'une robe du même velours bleu que les coussins préférés de ses chiens préférés, les attendait dans son salon, debout près d'une fenêtre. À ses côtés, un chevalet. Posé dessus, le tableau des deux peintres.

– Chère Maria ! Enfin vous voilà ! Vous êtes partie sans avoir terminé votre travail, ce n'est pas gentil !

– Nous... nous n'en avons pas eu le temps... Votre Majesté, balbutia la jeune fille, stupéfaite.

– Eh bien ! Qu'attendez-vous ? Don Diego vous prête son matériel, faites-en bon usage !

– Maître Vélasquez ?! s'écria José Pacheco, sidéré.

– Qui d'autre ? fit la reine en souriant.

Maria s'approcha du chevalet et prépara sa palette. Puis elle reprit sa tâche inachevée sous le regard attentif de la souveraine.

Au bout d'une demi-heure, elle s'arrêta : elle avait terminé. Elle regarda don José :

– Maître, voulez-vous signer, je vous prie ?

– Non, Maria, celui-ci, c'est toi qui le signes ! dit le peintre.

– Vous croyez ?

– J'en suis sûr !

Il lui tendit alors le fin pinceau imprégné de peinture noire qu'il venait de préparer pour elle.

Pour la première fois de sa vie, Maria écrivit :

Maria Brugada me fecit, Madrid, avril 1651.

Puis don José se pencha vers elle et chuchota :

– Bravo, ma petite fille ! Je suis fier de toi !

– Ma chère Maria, moi aussi, je vous félicite ! s'exclama la reine, qui avait entendu le peintre. J'ai un singe, deux couples d'oiseaux rares et une salamandre apprivoisée. J'aimerais vous voir les peindre. Je voudrais que vous veniez vous installer au palais pour quelque temps.

Maria avait l'impression de vivre un rêve. Son regard croisa celui de José Pacheco, qui lui souriait.

43

Assise sur son lit, Maria caressait la chatte qui allaitait ses petits, attendrie par le spectacle des chatons pressés contre la fourrure de leur mère. La porte de la chambre s'entrouvrit, et Angel passa la tête dans l'embrasure.

– Entre ! murmura la jeune fille.

– C'est donc aujourd'hui que tu t'en vas...

La jeune fille opina :

– Don Duda doit venir me chercher tout à l'heure.

– Tu crois que tu reviendras ?

– Évidemment ! Dès que j'en aurai terminé avec le singe, la salamandre et les oiseaux de la reine...

– C'est sûr ?

– Mais oui ! Et, maintenant que la reine me connaît, la Guilde ne pourra plus m'empêcher de travailler. Un jour, je serai compagnon...

– Et puis maître, ajouta Angel.

– Peut-être, fit Maria, rêveuse.

Quatre chatons, repus, s'étaient endormis. Seul le noir et blanc veillait encore. Il se mit à jouer avec les longs cheveux de la jeune fille. Elle l'aida à grimper sur son épaule.

– C'est mon préféré !

– Tu vas tous les emporter au palais ?

Maria acquiesça :

– La reine m'y a autorisée.

– Ils vont me manquer.

– Et toi, Angel, tu vas me manquer, à moi, dit la jeune fille avec tendresse.

– Tu crois qu'un jour...

Le garçon secoua la tête, laissant sa phrase en suspens.

– Un jour, quoi ?

Angel hésita, puis se lança :

– Tu crois qu'un jour il y aura une petite place pour moi dans ton cœur ?

La jeune fille garda le silence un moment, puis répondit d'un air grave :

– Je l'espère, Angel.

Ils entendirent alors des pas dans l'escalier, et don José frappa à son tour à la porte :

– Maria ! Don Duda est arrivé. Il t'attend.

– J'arrive !

Angel aida Maria à loger Mimosa et ses petits dans le panier en osier qu'elle avait préparé pour les transporter. Le maigre bagage de la jeune fille était déjà dans le carrosse, où Don Duda l'avait chargé. Maria s'apprêtait à y monter avec les chats quand le maître la retint par le bras et la serra contre son cœur :

– Bonne chance, Maria ! Et ne te laisse pas trop influencer par le señor Vélasquez.

– J'essaierai, promit-elle en s'installant dans le carrosse.

Don Duda allait refermer la portière lorsqu'un garçon apparut au coin de la ruelle et s'avança vers eux. Il considéra le carrosse puis Maria, d'un air surpris, et se tourna vers don José.

– Baltasar ! s'exclama le maître. On n'espérait plus te revoir.

– J'ai appris ce qui s'était passé avec Juan, commença timidement l'ancien apprenti. Je suis passé prendre des nouvelles...

– Ah oui ! Quelle histoire ! Il est devenu fou... À ce propos, nous te devons des excuses, mon garçon.

– Des excuses ? Pourquoi ?

– Pour le chandelier. Tu l'ignores sans doute, mais c'est Juan qui l'a volé ! Nous savons à présent que tu n'y étais pour rien.

Baltasar hocha la tête. Don José hésita un court instant, puis demanda brusquement :

– Voudrais-tu revenir travailler à l'atelier ?

Avant de répondre, le garçon posa la question qui lui brûlait les lèvres :

– Que fait Maria dans ce carrosse ?

Angel eut un sourire épanoui :

– Écoute, ça ressemble à un rêve ! La reine veut que Maria peigne ses animaux domestiques. Elle va aller passer quelque temps au palais...

– C'est une plaisanterie ?

– Pas du tout !

Baltasar croisa le regard de la jeune fille assise dans la voiture royale. Ils s'observèrent quelques secondes en silence. Angel, qui n'en perdait pas une miette, s'arrêta un instant de respirer, tant il y avait d'intensité dans cet échange.

Don Duda s'impatienta :

– Señorita ! Il est temps d'y aller !

Baltasar détacha ses yeux de ceux de Maria et se tourna lentement vers don José :

– Je suis à votre disposition, maître !

– À la bonne heure !

Le majordome referma la portière, et la voiture de l'Alcazar s'élança sur la chaussée.

Dans la même collection

Jésus,
comme un roman...
de Marie-Aude Murail

Les chats
de Marie-Hélène Delval

Le destin de
Linus Hoppe
d'Anne-Laure Bondoux

La seconde vie de
Linus Hoppe
d'Anne-Laure Bondoux

Par-dessus le toit
d'Audrey Couloumbis

Francie
de Karen English

Mon amie
Anne Frank
d'Alison Leslie Gold

Les messagères d'Allah
d'Achmy Halley

Les ombres
de Ghadamès
de Joëlle Stolz

L'inconnu du Pacifique
de Martin de Halleux

L'île des rêves interdits
de Monica Hughes

Adam,
comme un conte
de Martine Laffon

Myriam choisie
entre toutes
de Thierry Leroy

Moïse, le prince
en fuite
de Julius Lester

Si je reviens
de Corinne Demas

La marque de l'Élue
d'Aiden Beaverson

Silverwing
de Kenneth Oppel

Sunwing
de Kenneth Oppel

Firewing
de Kenneth Oppel

Les orangers
de Versailles
d'Annie Pietri

L'espionne
du Roi-Soleil
d'Annie Pietri

Le collier de rubis
d'Annie Pietri

La fée et le géomètre
de Jean-Pierre Andrevon

35 kilos d'espoir
d'Anna Gavalda

Le prince
des apparences
de Catherine Zarcate

La moitié
d'un vélo
de Derek Smith

L'autre visage
de la vérité
de Beverley Naidoo

Une maison,
un jour...
de Frances O'Roark Dowell

Méléas
et le warlack
de Ian Ogilvy

Fils du ciel
de Kenneth Oppel

La Tribu
de Anne-Laure Boudoux

Le cri de la mouette
de Thomas Leclere

Cet ouvrage a été mis en pages
par DV Arts Graphiques à Chartres

Impression réalisée sur CAMERON par

BRODARD & TAUPIN

GROUPE CPI

La Flèche
en avril 2005

pour le compte des Éditions Bayard

Imprimé en France
N° d'impression : 29284